天下篇，逍遙遊
七星劍，葫蘆酒
你就這樣長身去了江湖
自天涯滄桑風塵回来的你
大鐘鳴鼓，琴瑟竽笙
高台厚榭，邃野之居
或人何在？或人何在？
你又帶書攜酒配劍
從眼前到天涯，一路過去

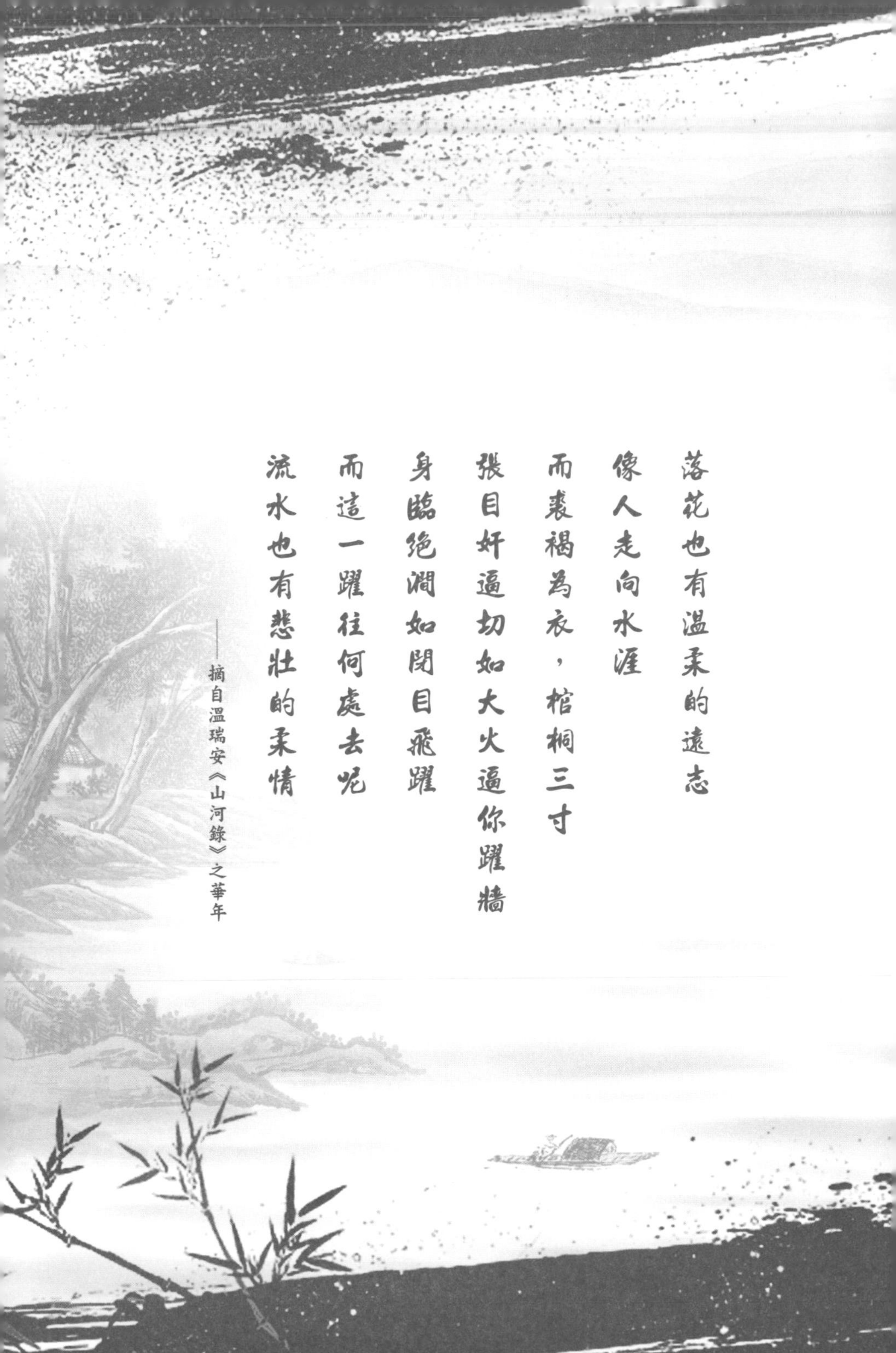

落花也有温柔的遠志
像人走向水涯
而裘褐為衣，棺桐三寸
張目奸逼切如大火逼你躍牆
身臨绝澗如閉目飛躍
而這一躍往何處去呢
流水也有悲壯的柔情

——摘自温瑞安《山河錄》之華年

四大名捕 逆水寒 中

【紅顏】

武俠經典新版

四大名捕系列

溫瑞安 著

四大名捕逆水寒系列

逆水寒

中卷 紅顏

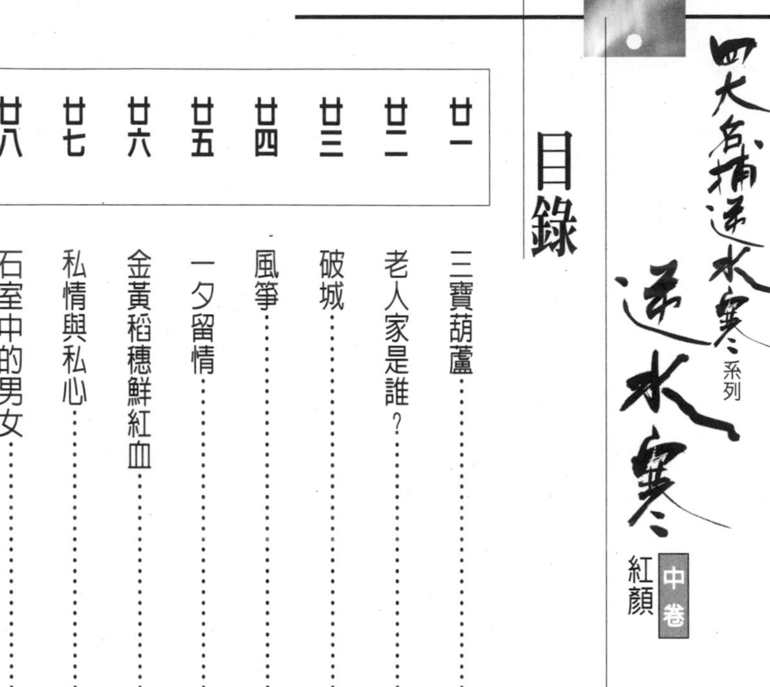

目錄

廿一　三寶葫蘆

這屋頂「喀」的一響，十分輕微，但鐵手還是聽到了，沉聲道：「上面是那位朋友，何不進來敘敘？」

唐肯在睡夢中聽到鐵手說話，驀然而醒，抓住刀柄，惺忪著問：「什麼事？」

鐵手盤膝而坐，臉色凝重，看了看屋頂，唐肯跟著仰首看去，嘩啦啦一陣碎瓦紛落，一條人影落了下來，一個人亂髮虬鬚，目露極凶異彩，手持一枝臂粗熟銅棍，在瓦石碎墜中落地，正是樓大恐。

樓大恐桀桀笑道：「怎樣？鐵二爺，咱們是老相識了！你找得咱們好苦，這次，終於叫大家給碰上了！白天人多，礙著咱們敘舊，今個兒晚上，正好給咱們痛快個夠！」

鐵手淡淡地道：「樓大恐，你最膽小，總不會你獨自個兒來，你的老朋友呢？」

「蓬」地一聲，窗子被拆開，一個人雙手「拿」著窗子，跨入屋來，正是兇狠陰隙的彭七勒：「他來了，自然也少不了我。我特地趕來替你送喪的。」

鐵手道：「王命君呢？」

只聽一人道：「王命君在。」他回答的時候人還在門外，答回之後人已走了進來，但木門並沒有開——只是木板上多了個人形的大洞，他是直「穿」了進來的。

鐵手笑道：「王兄果然好威風，連走進來的氣派都跟人不一樣。」

王命君好像聽不懂鐵手語言中的譏刺之意，大剌剌地坐下來，唐肯一躍而起，提刀護在鐵手身前，王命君只看了他一眼，笑道：「說也奇怪，鐵二爺這身上一掛了彩，咱們幾個，連走路都神采起來。」

鐵手笑道：「這叫此消彼長。」眼光落到王命君腰間的葫蘆，忽道：「我真佩服你們。」

樓大恐猙獰地道：「現在才來說討好的話，不嫌太遲麼!?」

王命君卻笑著阻止道：「儘說不妨，儘說不妨，凡是好話，我最愛聽，所謂人之將死，其言也善，這樣子好聽的話，自鐵二爺口中說出來，人生難得幾回聞，焉能不聽？自然要聽！」

鐵手道：「我佩服的是你的兄弟們，怎麼這般信任，把三寶葫蘆掛你腰畔，要是打不過人，你拍拍屁股先走，憑你腰間的葫蘆，也足以立於不敗之境！」

他這麼一說，王命君、樓大恐、彭七勒三人一齊變了臉色。

王命君怒道：「住口——！」

樓大恐忽道：「王老二，你腰間的葫蘆，說來應該交給大夥兒，每人輪著保存一天，這才像話。」

彭七勒道：「對！」

王命君急道：「哎呀，你們怎麼聽這兔崽子挑撥！你們不大會使這寶貝兒，便暫由我收著，難道我會吞了麼！」

彭七勒冷笑，道：「就是怕你吞了！」上前一步，伸出手掌，道：「你給是不給？」

王命君不自覺地用手抓住腰畔的葫蘆，憤怒地道：「你這算什麼？我是你們二哥呀！」

樓大恐冷冷地接了一句：「聶千愁就夠是我們的老大了！」

王命君眼珠一轉，忽然笑道：「好，我一定給，不過，咱們先宰了這挑撥離間的，咱們三個人，就把葫蘆的三隻都分了，一人一份，豈不是好！」

彭七勒瞪了他一眼，道：「你說話可要算數！」

王命君道：「我說話從沒有不算數的。」

鐵手道：「當日他答應冷血，向聶千愁認錯，痛改前非，結果，聶千愁就死在他手上！」

王命君刷地拔出鐵扇，鐵尖釘地彈出一支尺來長的銀針，直刺鐵手！

唐肯早有準備，掄刀一格！

「叮」地一聲，銀針刺在刀上！

唐肯反攻一刀，王命君退了一步，但怕背門賣給左邊的樓大恐，連忙一扭，閃至右邊，又恐彭七勒出手暗算，只好身形一閃，這下一退三挫，變得左絀右支，極爲吃力，原本他以智謀奸狡見長，武功並不太高，跟唐肯不相伯仲，但唐肯勝於豪勇有力，這一下直把王命君逼得狼狽不堪。

唐肯刷刷刷一連幾刀，把王命君幾乎迫出門外。

只聽樓大恐冷冷地道：「不管怎樣，你有意使我們窩裡反，以求自保，可惜就算我們要反，也得先殺了你才反。」

鐵手好暇以整，道：「這也無妨，不過，我那番話，你們的老二已起了戒心，待我死後，在陰間還不知等你們那一位先上路呢！」

彭七勒道：「跟他嘮叨什麼，殺了再說！」手上的鳳翅鎲一振，往鐵手「天靈蓋」打落！

唐肯一心把王命君逼退，但全心全意，在留意背後鐵手之安危，彭七勒一動，他顧不得身前大敵，人未回身，已然疾退，及時一刀架住鳳翅鎲！

唐肯橫刀硬擋，但王命君如蛆附髓，嗖地又貼身跟了近來，一針就往唐肯後腦刺到！

正在這時，唐肯左右脅下倏地伸出兩只手掌，迅疾無倫地拍中了王命君的左右腰脅！

與其說拍中，不如說王命君沒料到那兒陡地多了一對手掌，所以整個人撞了上去！

這當然是鐵手的手掌。

王命君捱了兩掌，心道：我命休矣！不料這兩掌擊在要害，只使他一陣血氣翻騰，全身酥麻，在片刻間便已復原大半，心頭一喜，叫道：「鐵手沒有功力，他的手下不中用了！」

同時間，唐肯左肩已吃一棍，跌跌撞撞了幾步，彭七勒持鳳翅鎲追擊，唐肯半身微側，勉力招架。

樓大恐挺棍逼近鐵手。

王命君雖未完全恢復，但心知已無大礙，扇針一伸，直刺鐵手眉心穴！

鐵手身急向後仰，閃過一刺，但全身真力難聚，砰地跌在床上，王命君獰笑上前，又一針刺下，務要把鐵手致死方才甘休！

就在這時，砰地一聲，樓大恐一棍全力打在王命君的背上！

王命君的背脊骨立時斷了。

不但斷了，還碎裂成好幾截。

他也立時飛了出去，飛出窗外。

在他還沒有飛出去之前，樓大恐已一手摘了他腰畔的葫蘆。

鐵手忽然喊了一聲：「樓大恐搶了三寶葫蘆！」

那邊的唐肯，因爲負傷，手中鋼刀已被彭七勒打掉，正在千鈞一髮之際，鐵手這樣一叫，彭七勒驟然放棄唐肯，掠了過來，鳳翅鏜直撅樓大恐。

樓大恐本要一棍把鐵手打死，但彭七勒的攻勢已到，他回身一架，攔住鳳翅鏜，怒道：「你要替王老二報仇!?」

彭七勒冷笑一聲，盯著他手裡的葫蘆：「你想獨吞!?」

樓大恐忽然收棍，道：「好，給你一隻又如何？」

他突然用右手一拍第一隻棗紅雲捲著黛綠色的葫蘆！

「颼」地一聲，一道白光，尖嘯急射而出！

彭七勒怪叫一聲，忙用鳳翅鏜一格，但喉嚨已多了一道孔。

對穿的孔。

血孔。

他明明已經擋了白光，但白光仍是射穿了他的咽喉。

他仰天倒下，來不及半聲慘叫。

發出慘叫的是樓大恐。

樓大恐發出第一隻葫蘆，但因不諳三寶葫蘆的施法，葫蘆拍地炸開，他的右手尾指，無名指及中指，一齊炸斷！

王命君之所以不敢胡亂啓用三寶葫蘆，便是因爲掌握不住施法，很可能會反傷己身，況且，他知道縱用三寶葫蘆，也未必能制得住鐵手——當鐵手負傷之後，他已不必動用到這三隻他視爲珍寶的葫蘆了。

十指痛歸心，樓大恐惶怖地，看著自己被炸爛掉的手指，鐵手突然彈起，雙手扣住樓大恐左手的熟銅棍，叫了一聲：「快！」

唐肯已抄起地上的刀，一刀砍去！

樓大恐雖然受傷，但反應仍是極快，危急中遽然放棄熟銅棍，往窗外掠去——他決定只求身退！

唐肯豪勇過人，但應變不夠快，來不及攔阻。

鐵手則有心無力，也攔不住。

樓大恐剛飛出窗口，忽聽，「嗖」地一聲，鐵手只見他平掠的身形，胸向地而背向天，倏地，一道銀芒，自腹中沒入，背脊射出，再消失於黑暗中。

樓大恐怪叫一聲，腳落地時，看見王命君全身倚在窗下，慘笑看著他。

王命君手中仍執著鐵扇。

扇上的銀針，已經不見。

樓大恐突然想起，王命君的「扇上銀針，歷盡苦辛」的傳說時，只覺腹中一陣厲痛，他想上前把王命君碎屍萬段，但已寸步難移。

王命君慘笑道：「你……暗算……我，我暗……算你……大……家……」

陡然間，一陣大量的煙霧，像會走動黑色的魔手一般，全罩在王命君臉上、身上。

王命君一陣痙攣，沒聲沒息的倒下。

煙霧來自樓大恐腰畔第二隻葫蘆。

他已拍碎了第二隻葫蘆。

但葫蘆中的毒煙，同樣也纏住了他，這使得他迅速地失去了性命，而不必再受王命君那一記淬毒銀針的折磨。

煙霧雖然繁密，但並不消散，過得一會，竟自王命君、樓大恐兩人鼻孔、耳孔、眼孔鑽入，全消失不見。

窗外一輪清月。

◇◇◇

唐肯長噓了一口氣，道：「好險。」

鐵手問：「你的傷？」

唐肯按了按左肩，苦笑道：「不礙事的。」他勇猛好鬥，負傷反而是經常的事。

「這班瘟神自相殘殺，倒省了事。」

鐵手長嘆道：「可惜，今晚的確太多事了一些。」

唐肯奇道：「怎麼說？」

鐵手道：「因爲生事的人剛剛才到。」

「正是。」窗外有人拍手笑道：「風好月殘，如此良辰，我們不來惹事，誰來惹事？」

另一個聲音接道：「我們正是要來滋事，生好大的一樁事！」

兩人一起在窗口突然出現，竟是兩個一模一樣的俊秀青年：「鐵手，你逃不了的！」

◇◇◇◇◇◇◇

這兩人當然就是當年李鱷淚的兩大弟子：「福慧雙修」——李福和李慧。

鐵手在一路上可謂受盡了他們的折磨，而今看來又落在他們的手上。

只聽李福道：「奇怪，你們都說搜過此處，卻怎麼放著一個大欽犯沒人瞧見!?」

李慧道：「幸好，我們沒跟著那三頭亂衝亂撞的瞎蒼蠅到城郊盲目搜捕，看來，這個大功我們立定了。」

兩人說著笑著，已幌身進入屋裏，完全沒把負傷的鐵手及唐肯看在眼裡。

鐵手彷彿暗暗嘆息：——要是功力尚在，普天之下，誰敢對「四大名捕」中的鐵手如此不敬？虎落平陽被犬欺，龍遊淺水遭蝦戲，英雄落難，比常人更孤獨哀傷；落井下石，雪上加霜，此時此境，鐵錚錚的漢子也只好打落牙齒和血吞。

李福笑道：「我們運氣可真不壞。」

李慧揚揚手中的葫蘆，道：「還意外得到了這隻東西！」他拿的正是樓大恐手中一直未啓用的第三隻葫蘆。

這兩兄弟原屬文張的麾下，跟顧惜朝的親信馮亂虎、郭亂步、宋亂水口和心不和，黃金鱗下令「福慧雙修」帶三十四名精兵，但又恐攻城時人手不足不能搶功，暗下拉去的是「連雲寨」中的叛將，這些「叛將」原本就是顧惜朝的手下，自然不甘聽命於李氏兄弟，「福慧雙修」偏又崖岸自高，「三亂」也沒把他們瞧在眼裡，李氏兄弟自討沒趣，碰了一鼻子灰，難免在搜捕行動中就有點格格不入。

所以當「連雲三亂」要到處搜捕鐵手，順此「打家劫舍」，搜掠點金錢財物之時，李氏兄弟堅持並不同往。

這兩兄弟正在醉花樓鬧酒狎妓之時，忽聞「安順棧」有打鬥聲，他們二人知有蹊蹺，立即率了十來名衙差趕至，正好看見王命君、樓大恐、彭七勒被鐵手語言間挑起隱伏於心底的惡意，互相殘殺而亡。

李福、李慧深知鐵手功力未復，唐肯遠非他們之敵，心想這次功從天降，自是欣喜莫名。

唐肯攔刀昂然道：「兩位大人。」

李福笑道：「哦？稱呼起大人來了！」

李慧道：「敢情是要求饒吧？」

唐肯道：「不錯，我求。」

李福道：「求？求什麼？」

唐肯道：「求你抓我。」

李慧道：「不求也抓。」

唐肯道：「也求你放了鐵二爺。」

李福道：「你是什麼東西？抓你一個啥都不是，憑什麼來換姓鐵的！」

李慧道：「我們高興整治姓鐵的，就一定要整治個高高興興，你還有什麼可求的？」

唐肯道：「有。」

李慧道：「說。」

唐肯揮刀叱道：「求你媽個頭！」一刀橫砍李福、李慧兩人的脖子！

廿二　老人家是誰？

唐肯這一刀，凌厲非常，不過他的刀剛揮出，「嗆」地一響，福慧雙修各向左、右邁了半步，同時拔劍。

他們拔劍的速度一致，所以只有一聲劍響，刹時間，李福左手劍自唐肯右手袖中穿入，李慧的右手劍從唐肯左手袖子穿入，玎地一聲，自背脊骨頂端的衣領上會師，劍尖交加後向下一壓，壓在唐肯後頸上。

唐肯只覺頸後一陣刺痛，只好低下頭去。

李福笑啐道：「低頭就算了？」

李慧道：「跪！」

唐肯道：「不跪！」

李福、李慧相視一笑，道：「我們平日最喜歡就是倔強傢伙！」

李福道：「來人呀！」

後面的衙差吆喝了一聲。

李慧道：「先把姓鐵的綁起來，看我好好玩玩這硬骨頭的小子！」

衙差們又應了一聲。

李福向李慧使了一個眼色，兩人腕上微一用力，唐肯的後頭便割開了道口子，血湧如泉，李福笑道：「怎樣：好漢名頭好聽，但卻不好當罷？」突厲聲問：「怎麼還不過去動手！」

後面的衙差只是相應，卻沒有動手捉拿鐵手，其中一名衙差趨前恭聲道：「大人一定要拿？」

李慧登時氣歪了鼻子，向來只有他對屬下發號施令，從沒有屬下對他反言相詰，他怔得一怔，怒道：「叫你抓就抓，還問什麼！」

那衙差大聲道：「好！」一揮手，登時有七、八柄刀，五、六把劍，三、四根木棍，一、二條鐵鏈，一齊向李氏兄弟攻到！

李福、李慧猝然受襲，百忙中不及抽劍，飛身而退，所有的武器都打了個空。

唐肯怪吼一聲，反手抓住兩劍，頓時變成右手大刀，左手雙劍，叫道：「別讓他們奪劍，別讓他們奪劍！」

李氏兄弟一身武功，主要都在劍術的修為上，現在大意失劍，膽氣先萎了半截，只道：「大膽！你們這樣做，是什麼意思？」

那首先招呼大家出手的衙差，正是今日酒樓上的漢子，道：「也沒有什麼意思，鐵二爺是我們這行的祖宗爺，他光明磊落，決不會知法犯法，你們要捉他，我們只好得罪一次了。」

李福怒道：「喜來錦，你們這樣以下犯上，可知道是什麼罪行!?」

那漢子橫眉橫刀道：「得罪了！」

李慧道：「鐵手確是犯了法，不信，你們自己問他去！」

眾人望向鐵手，鐵手沉重地點了點頭，澀聲道：「諸位仗義援手，仁至義盡，不過，在下確曾觸犯了王法，請諸位帶同這位不干事的唐兄弟離開，在下就心感莫已。」在他落難之時，這一班素昧平生的六扇門中朋友如此拚著丟官捨命維護他，他心裡當然感動，但估量情勢，知道這些人只怕非福慧雙修之敵，且生恐這些忠肝義膽之士受累，所以力保他們不要插手此事。

鐵手這麼一說，那喜來錦臉色下沉，道：「鐵二爺，您真的犯事了?」

鐵手道：「是。」

喜來錦一揮刀道：「那麼咱們也犯事了，跟你一樣！」

他後面的衙差七嘴八舌的說：

「對！咱們幹上了！」

「反正現在要收手也來不及了，不如宰掉這兩個小子！」

「我們思恩鎮吃公門飯的，全是講義氣的，就容不得這兩個狐假虎威的折磨好漢！」

鐵手長嘆一聲，心中感激莫名，正要相勸，但想起這下子大家已插上了手，如果給福慧雙修活命，只怕這些人誰都不會有好日子過，心裡大急。

李福冷笑道：「好，你們不識好歹，我們就先殺掉你們，再殺鐵手！」

李慧道：「一個個的殺，一條狗命都不留！」

喜來錦冷笑道：「看誰不留誰的狗命！」眾人又揮舞刀劍，圍殺過去。

這一干人的武功，應付一些尋常武林人士或地痞流氓，自然綽綽有餘，但李福、李慧的武功都非同等閒之輩，這些人要不是仗著人多，而且李氏兄弟又大意失劍，早就給「福慧雙修」殺得一個不剩了。

李氏兄弟赤手空拳，苦戰一會，身上受了幾道傷痕，但已打倒了四、五名差役，李福更抖擻神威，奪得一把麟角刀，轉眼間又傷二人，唐肯已匆促地用破衣包紮住頸後的傷，加入戰團，跟喜來錦等五人，力敵李福，其他八人，則纏戰李慧。

李慧久攻不下，心煩意躁，乍然抓起那一口紫藍色的葫蘆，獰笑道：「好，就讓你們見識一下三寶葫蘆——」

鐵手勉力喝了一聲：「快退！」

那八人中有的正要疾退，有的不知何事，李慧已拔開了葫蘆的活塞！

葫蘆塞子打開，卻什麼都沒有。

李慧一怔，原本他在「骷髏畫」一案中就已經聽說過，「白髮狂人」聶千愁施用「三寶葫蘆」時最後一隻「夢幻天羅」的威力。

可是這葫蘆打開連一滴酒都沒有，更休說其他的事物了。

李慧一怔，正要邊退守邊還擊那八人的攻勢，忽然發覺，那八人全部呆立當堂，連手中的動作，臉部的表情，全都給人用重手法制住了似的，整個人就「定」在那裡，連眼睛也不多眨一下。

李慧心中一喜，沒想到手中這口葫蘆竟有這種無形的威力，正要出手將那八人殺害，忽覺自己手腳似給無形的纏絲綁著，絲毫動彈不得！

這一驚非同小可，連忙運力掙扎，但不掙扎還好，愈掙扎愈像被困在繭裡，外面的絲愈纏愈密，然而這些絲網又是完全無形的，剪不斷，理還亂，李慧才不過掙扎幾下，便全身發麻，不過總比那八人好一點，勉強還能有一些許的移動，眼睛還能眨，嘴巴還可以說話。

不過他此時除了驚恐，也沒有什麼話可以說的了。

鐵手見到這種情形，知道李慧因為不懂「三寶葫蘆」的用法，胡亂拔開塞子，結果天下聞名的「夢幻天羅，六戊潛形絲」同樣也把他罩住，不能自拔。

可是那邊李福和唐肯、喜來錦的戰團，正旗鼓相當，難分難捨，忽聽此起彼落的一陣胡哨，三個人閃入了房裡。

這三人落地無聲，但是神情都十分慓悍。

冷靜穩重的慓悍。

浮躁威猛的慓悍。

豪勇機智的慓悍。

鐵手一見他們三人，心裡就幾乎要發出一聲浩歎：天亡我也！

這三人正是顧惜朝的三名親信：慓悍中極有定力的郭亂步，慓悍中膽氣過人的宋亂水，慓悍中反應奇快的馮亂虎！

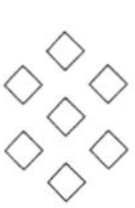

這三人一到，唐肯、喜來錦等人就決不是他們的敵手。

馮亂虎、郭亂步、宋亂水一到，三人打了眼色，不去解李慧之困，不去相幫李福，反而向鐵手逼了過去。

李福邊戰邊怒道：「喂，你們快過來——」下面的話給喜來錦的刀風逼了回去。

郭亂步佯作問道：「你說什麼啊？」

李福刷刷刷一連幾刀，逼開喜來錦，但因運刀不趁手，唐肯全力一刀砍下，李福用刀一格，刀被震飛，急得他大叫道：「快來收拾掉這些王八！」

郭亂步卻道：「李家二兄弟，今日可立大功呀，差些沒給我們撇後頭去了。」

馮亂虎道：「幸好我們回轉得快。」

宋亂水氣呼呼地道：「幫你？不如去抓這天字第一號欽犯！」上前要拿鐵手，唐肯怪叫一聲，提刀趕了過來，李福少去唐肯這號拚死不要命的敵手，登時又可以勉強支持。

郭亂步向宋亂水道：「這人你打發掉吧。」宋亂水金瓜錘一提，攔住唐肯，鬥了起來。

馮亂虎上前一步，欲抓鐵手，郭亂步道：「夜長夢多，不如殺了省事！」

馮亂虎想了一想，道：「正合我意。」正要動手，忽然房門伊呀一聲，被推了開來。

其實那片「房門」，早已不能算是什麼房門，實在是因爲早已被王命君撞爛，任何人隨時都可以一步跨了進來，但那人依然用手推開房門，這才走進來，好似生恐用力太大，會使房門受損一般。

這人對這一片爛房門，就像在撫慰自己豢養的一隻寵物一樣。

這人竟是那名老掌櫃。

他提著一盞油燈，老眼昏花似的照了照，道：「都不要打了。」他這句話說的有氣無力。

可是，他說完這句話之後，場中局勢大變。

床底下、屋頂上、窗口外、樓板底，一時間，至少湧現了三十來人，這些人的身手武功，只怕每人都不在唐肯之下，而且動作迅速，配合無間。

這些人陡然湧現，以迅雷不及掩耳的夾擊，那不過片刻間，喜來錦和那五名衙差，全給制住。

李福大喜過望，以爲幫手到來，詎料這三十多人中有一半一擁而上，擒住了他，餘下十來人，團團圍住馮亂虎、宋亂水和郭亂步。

「三亂」此驚非同小可，馮亂虎迎空連擊三掌，老掌櫃悠然道：「沒有用的，我外面還有十幾人，你們帶來的官兵，全給制住了。」忽揚聲叫道：「小盛子！」

外面閃進一人，正是那名小夥計「小盛子」，只見他向老掌櫃恭恭敬敬的躬身道：「師父，三十四人，不多不少，全解決了。」

老掌櫃銀眉一蹙，似頗有隱憂：「沒我下令之前，可不得殺傷人命。」

小盛子恭聲道：「是。」

郭亂步眼見情形不妙，想向床上的鐵手潛去，但老掌櫃已點著煙桿，悠然立在鐵手的床前。

郭亂步又驚又怒，實在想不出這兒個米斗大的小地方，竟會出來這號人物，厲聲道：「閣下何人!?」

老掌櫃沒去應他，問小盛子道：「他老人家真的要來了？」

小盛子答：「馬上就到了。」

老掌櫃道：「這地方……？」

小盛子道：「馬上要用。」小盛子只有在回答這兩個問題時，跟先前恭謹的神態全然不同，反而有點像他在主持大局一般。

老掌櫃用手指捏花灰灰的鬍捎，下了重大決心似的：「一併擒了！」

小盛子道：「是！」左拳右掌，急攻馮亂虎與郭亂步。

郭亂步和馮亂虎兩人一個出拳，一個出掌，硬接小盛子這一拳一掌，其實是兩人都不約而同，要試出這批人的門派來歷。

郭亂步接的是拳，他是以拳對拳，兩拳一撞，突然間，只覺右腳一麻；同時間，馮亂虎以掌接掌，只覺得掌心像給一隻手指戳了一下似的，兩人大吃一驚，同時想起江湖上一個極難纏的人——

「韋鴨毛!?」

兩人才叫出聲，那三千餘名武林高手，一齊出手，二十招後，寡不敵眾，兩人一齊被擒。

而宋亂水早已給老掌櫃手上的煙桿封住了穴道。

郭亂步驚惶莫已，問：「你……韋鴨毛……？」

小盛子笑道：「我叫禹全盛，外號只有兩個字，叫做『衝鋒』，我剛才那一套在武學上完全反其道而行之的武功：打敵人之手而傷敵人之腿，擊敵人的掌實傷敵人以指的武功，全是我師父教的。」

他向老掌櫃一引，道：「我的師父當然就是他。」

老掌櫃又吸一口煙草，道：「我就是韋鴨毛。」對禹全盛道：「還不快收拾，老人家就要來了！」這人說完，轉身對鐵手道：「對不起，鐵二爺，連你也要委屈一下。」說著出手點了鐵手的穴道。

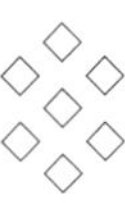

鐵手沒有避開，也不想閃躲。

他非常清楚他此際的體力，要躲開普通人一擊都不容易，何況這人是韋鴨毛。

韋鴨毛在三十年前就很有名，是出了名的義盜，不獨做賊，這人七十二行行行都做過，從拾糞作肥料到街市賣花，他都沾過，到最後還當過官，據說給十七名著名的貪官一齊告他「貪贓枉法」，他便棄官不做，當賊去了，近四、五年來，原本已銷聲匿跡，但他那一手「指東打西、出手打腳，打自己傷別人」的怪招，倒是稱絕江湖，傳誦一時。

而這三十幾名武林人物，看他們的出手服裝，有的是名門正派的弟子，有人是綠林道上的好漢，有的是邪魔外道裡的好手，沒有幾個是好惹的，然而都聚在這裡，像正要而且正在合作完成一件重大的任務：

——等老人家來。

老人家是誰？

鐵手從未見過，一個已經攪得一塌糊塗的場面，竟在三十幾人的同心協力之下，全收拾得如此之快，在片刻間便把破洞鋪上，地上掃乾淨。壞了的地方全修好了，一間房間回到原來的模樣。

「不可以有破綻，」韋鴨毛這樣吩咐道：「一點漏洞都不可以有。」

鐵手不明白韋鴨毛究竟是站在那一方？——為什麼既要制住「三亂」及李氏兄弟，同樣也制住自己、唐肯和喜來錦等人？

不過鐵手知道韋鴨毛對自己應無惡意：至少，落在他手裡，肯定會比落在「福慧雙修」那一干人好多了，至少，韋鴨毛在點他穴道的時候，下手非常之輕，落穴十分次要，讓他可以在穴道受制後，依然可以把握時間，運氣調息。

最後這些武林豪客把他們一一搬走，搬到房間底層的一個地窖去——他們最遲扶走的是鐵手——韋鴨毛還這樣地問鐵手：「我們要移走這幾個人，可是又不想被『夢幻天羅』纏著，鐵二爺是明眼人，也是明理人，可以告訴我個方法嗎？」

鐵手想也不想，即道：「只要拿著葫蘆本身，人就會被扯動，跟著走。」

韋鴨毛笑了：「你有什麼要求？」

鐵手道：「不管這兒將發生什麼事，我想留在這裡。」

韋鴨毛雙眉一皺，隨後一揚，笑道：「不介意我先封了你的啞穴？」

鐵手點點頭。

韋鴨毛出手，就在這時，外面一聲低呼：「老人家來了。」

廿三 破城

進來的是一名藍衫胖子。

韋鴨毛一見到他，神態變得十分恭謹，長揖道：「師兄。」

那胖子看來要比韋鴨毛年輕得多了，一張臉白得出奇，兩道眉毛雖然疏淡，但高揚於額，只聽他道：「都準備好了沒有？」

韋鴨毛道：「準備好了。師兄知道他們一定會投宿這裡？」

藍衫胖子道：「他們投宿這裡，原就是我安排的。」

韋鴨毛有點耽憂地道：「卻不知他們在倉促逃走之間，認不認得來這裡的路？」

藍衣胖子乾笑一聲道：「你知道他們是誰帶的路？」

韋鴨毛道：「請教師兄。」

藍衣胖子用他那又細又長的紅舌尖迅速地舐了舐鼻尖上的細汗，道：「那滿身沾油的傢伙！」

韋鴨毛一震，道：「尤知味？」

藍袍胖子道：「這油泡的兔崽子跟咱們作對了十幾年，這次倒是爲了同一件事，聯手在一起。」

韋鴨毛道：「尤知味也是維護戚少商的麼?息大娘可真有面子!」

那藍衫胖子自然便是高雞血，只聽他道：「息大娘就是有辦法，聽說連赫連小妖也請動了。」

韋鴨毛搔搔後腦勺子，道：「赫連小妖跟戚少商份屬情敵，而今小妖勇救戚寨主，實是武林一大奇事。」

高雞血道：「這都是息大娘穿的針，引的線。」

韋鴨毛道：「卻不知官府方面是誰盯著息大娘和戚少商?」

高雞血長嘆道：「怕的就是——?」

忽聽遠處一陣犬鳴，高嗥低迴，令人寒怖，韋鴨毛失聲道：「來了!」

高雞血小眼睛異常銳利，橫掃了鐵手一眼，道：「這人是……?」

韋鴨毛道：「他是鐵手。」

高雞血喫了一驚，道：「四大名捕中的鐵二爺!?」

韋鴨毛道：「正是。不過他受了重傷，全身無法運勁，剛才來了一批人殺他拿他，六扇門的好漢看不過去，便出手護著他，現在全給我擒住了。」

高雞血跌足道：「怎麼惹了這麼一樁麻煩事!」

韋鴨毛道：「也沒法子，他們老在這裡動手，我也一直壓著不動，但怕誤了大事，才出手放倒了他們。」

高雞血有些疑慮的道：「鐵手真的受傷如此之重？」

韋鴨毛道：「要是鐵二爺能夠出手，憑我又那裡能點得上他身上穴道？」

高雞血皺眉道：「來抓他的是些什麼人？」

韋鴨毛道：「鐵爺闖的禍子似也不小，文張文大人的手下『福慧雙修』，顧惜朝顧大當家的親信『連雲三亂』全到了，也全拿下了。」

高雞血一怔道：「怎麼跟抓拿戚少商的倒似一伙？」

「這倒奇了。」韋鴨毛道：「按照道理，應該是鐵手追捕戚少商才是，怎麼鐵手反被這些人緝捕呢？」

「不管了，」高雞血道：「這人，他……」

韋鴨毛道：「他說要留在這裡。」

高雞血道：「什麼意思？」

這時，犬鳴聲越發悽厲，也更近了。

韋鴨毛道：「師兄，該怎麼辦？」

高雞血道：「不管了，且照他的意思，先藏在壁櫃裡再說，總之，不要引戚少商進入這間房便是了。」

韋鴨毛道：「好。」

正在這時，樓下已傳來砰砰的敲門聲，有人連聲喊：「店家，店家！」

鐵手聽得出來，那正是戚少商的聲音。

◇◇◇

戚少商等人不是被困在碎雲淵嗎？怎麼會在這裡出現？

◇◇◇

這個問題對於戚少商來說，連他自己也不明白。

這像一個連場的惡夢，接踵而來，他剛自一場惡夢甦醒，卻又跌入另一大場更悽慘可怖的惡夢裡。

惡夢似永不完結。

他一直無法醒來。

唯一使他感到慶幸的是，這些惡夢裡，都有息大娘在他身邊。

就算在這些夢魘的至大驚恐裡，只要他想起這一點，就充滿了信心和勇氣，去承受及反抗這些無常的惡運。

只是更使他遺恨的是：他曾立誓要一生一世保護的人，而今卻要陪著他，歷經一切流離苦難。

這苦難從她一見到他，便又重新開始。

那當然是在毀諾城裡……

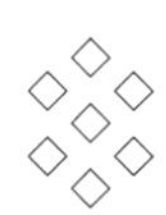

鮮于仇與冷呼兒率眾攻打「毀諾城」，秦晚晴據地固守，全力反擊，靠著機關和地利，鮮于仇和冷呼兒可以說是等於一頭撞在牆上，頭破血流，然而城牆屹然不倒。

顧惜朝並沒有配合攻勢。

他知道劉獨峰佛然不悅。

不過劉獨峰的樣子也不像在生氣，他只一副好整以暇的樣子，彷彿料定鮮于仇等會碰一鼻子灰撤退回來。

真正懊惱的是黃金鱗。

黃金鱗是官。

官最講權。

冷呼兒和鮮于仇這下出擊，等於不把他放在眼內。

若論官職，在這些人當中，黃金鱗的官階最高。如論名望，尤其武林中和江湖上的聲威，加上負責調訓禁軍保衛皇城的威望，自然是劉獨峰最強。顧惜朝是傅丞相的義子，撇開他在連雲寨叛軍眼中地位不說，當然也有所仗倚。鮮于仇和冷呼兒都是武官，一向不怎麼服膺文官調度，這兩名將軍此舉攻城，最掛不住臉皮的反而是黃金鱗。

所以鮮于仇與冷呼兒攻城失敗，無功而退，黃金鱗打從私心裡最是高興，所以他故意問：「兩位將軍真是神勇過人，不知道攻城攻得怎樣了？」

鮮于仇黃眼一翻，重重哼了一聲，他肩胛中了一箭，心中恚怒已極。

黃金鱗故意「哦」了一聲，大驚小怪似的道：「鮮于將軍傷得可不輕呀？爲國盡忠，攻城殺敵，真教人欽佩！」

冷呼兒氣呼呼地道：「他奶奶的，這些婆娘，可真狠辣得緊！」

黃金鱗道：「想兩位驍勇善戰，而今居然攻不下一個女人把守的毀諾城，實在是，實在是教人……」

鮮于仇一手把嵌在肉裡的箭拔了出來，他身邊的副將忙替他敷藥，他也真是臉不改容，只是一張綳緊的黃臉，更加綳得發黃，像一張老樹皮一般：「好，我們攻不下這座城，難道你黃大人就攻得下？」

黃金鱗笑嘻嘻的道：「我如果攻不下，就不去攻。」

鮮于仇聽出他語氣中的譏刺之意，冷笑道：「咱們受的是國家俸祿，怎麼？有賊不抓，只待在這兒喝西北風就算！」

黃金鱗滑溜溜似的一笑，就像是做京戲時一個滑稽的表情：「我這是自量，攻不來的，就不攻，至於這座城，遲早得破。」

鮮于仇乾笑一聲，道：「怎麼破，吹牛皮吹破？吹西北風吹破？還是黃大人請孟姜女來，用眼淚哭破毀諾城？」

黃金鱗搖手笑道：「不必，不必，有劉捕神在，再堅固的城牆，再複雜的機關，也一樣守不住陣腳。」

劉獨峰微微笑著，此時他仍坐在滑竿上，一前一後留下的是廖六、藍三兩人。

鮮于仇横了劉獨峰一眼，抑不住有些敵意流露：「只不過，劉捕神一直端坐在他的寶座上，似乎並未想舒動筋骨，這城又如何不攻自破。」

劉獨峰忽道：「這城已經破了。」

鮮于仇以爲自己聽錯：「破了？」

劉獨峰笑道：「周四已經把城中的機關要樞破壞無遺，李二已把這城裡一切利用天然動力的機器不能運作，你想，這城還能守得住嗎？」

忽聽轟隆連聲，毀諾城綿延不絕的爆炸起來，雨石紛飛，牆崩垣倒，夾雜著不少女子的尖呼與哀號，鮮于仇與冷呼兒一時爲之口定目呆。

劉獨峰笑道：「對了，我忘了相告，雲大已經在城裡各處要塞，安裝好了炸藥，一旦引爆，就這樣——」又聽轟的一聲，連城門也坍倒了下來，地爲之動。

顧惜朝忽道：「不行。」

黃金鱗奇道：「莫非顧公子憐香惜玉起來了？」

顧惜朝道：「那後山的地道！」

劉獨峰臉上稍現欣賞之色，道：「你忘了，我還有個張五。」

廖六接道：「有張五哥在，那地道現在想必已不是地道。」

藍三笑道：「不如稱作墳墓適合一些。」

劉獨峰道：「二位將軍，現在正是你們報效國家，攻城掠地之時，何以還不動手？」

劉獨峰的話令人有一種無可拒抗的力量，鮮于仇和冷呼兒心裡不甘，但卻不得不服，這下子，顧惜朝、黃金鱗各率部下攻入城池，鮮于仇與冷呼兒自然也調集殘兵，驅軍入城。

劉獨峰始終沒有離開他的座位。

他眼看這些官兵們如強盜一般的姦淫殺戮，長嘆一聲，道：「看來，我又錯了一次。」

藍三道：「爺，這樣一來，我們跟這些人的樑子定必結深了。」

廖六道：「這也沒辦法，她們堅守城池，咱們又如何抓得到戚少商？永樂御史、甘大人、萬大爺全被扣在天牢，看傅丞相給爺的暗示，若拿不著戚少商，這些爺的好友兄弟，只怕就此永生難見天日了……」

劉獨峰苦笑一聲道：「傅宗書怕我勾結武林中人，他這種做法，是要我失義於江湖，不見容於天下……可是，甘搏侯、萬鑄英、永樂不永他們的性命，我又不能不顧……唉！」忽毅然道：「藍三！」

藍三應道：「爺！」

劉獨峰雙眉一豎，道：「傳我的命令下去，遇頑抗者方可傷人，儘可能不濫殺無辜，誰敢姦污一人，我劉獨峰親自送他法辦！」

藍三大聲應說道：「得命！」疾掠而去。

廖六道：「這些人如狼似虎，這次屠城，本就意欲大事殺虐一番，爺這個命令，他們自然不敢造次，只怕他們……」

劉獨峰道：「只怕他們心裡不服，是不是？」目中神光暴長。

廖六垂首道：「爺。」

劉獨峰厲聲道：「廖六，咱們在江湖上，朝廷中，都是一樣，既要憑著良知作事，管他人怎麼個看法。男兒在世，得有所不爲方能有所爲，你要切記。」

廖六躬身道：「是。」

劉獨峰望了望喊殺連天的毀諾城，忍不住又長嘆道：「不過，我總是覺得，這一回，我又是做錯了事情。」

他撫鬚嘆道：「要是李玄衣在世就好了，至少我可以問問他，我該如何是好……」李玄衣身為「捕王」，但一生清寒，聽說連一匹馬都買不起，奉公守法，公正廉明，從不枉殺一人，從不妄縱一人，劉獨峰跟李玄衣是知交也是至交，當他念及李玄衣時，也想到他已經去世了，心中感喟更深。

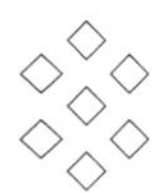

毀諾城的血腥味更重了。

城已被攻破。

敵人窮凶極惡，像潮水一般湧殺進來。

應戰中的毀諾城女子弟們全看息大娘的決定。息大娘如果要她們拚，她們就寧死不退。

但息大娘要她們走。

打從她知道劉獨峰到了之後，她便已經預感到這座城守不住了。

「馬上易容，扮成男子，衝出去！無論如何，想盡辦法衝出去！他日如果有緣，咱們在江湖上會聚，再建立一座毀諾城！」由於來攻城的人以為城裡都是女子，一旦化妝成男子便不好認了，或許可以趁亂逃逸。

女弟子們熱血與熱血中咬牙下了決心。

戚少商忽然站了出來，激聲道：「誰也不必走，我走！」

他堅定地道：「他們要的是我，我走出去，是我一個人的事，你們就不必走！」

「你以為到此時此境，他們還會放過我們？」息大娘冷笑道：「我們已騙過他們，也殺過他們的人，他們就算今天不攻城，明天也必定屠城，你以為你出去就有用？」

「你以為你出去就可以解決事情？」息大娘的語音要比戚少商更堅定，使人完全不能想象她那麼嬌小的人可以用那麼嬌柔的語音來表達鋼刀一般的決心。「現在沒有別的路，也不可能有別的選擇，唯一的方法是：咱們四散而逃，逃得掉一個，便是一個！」

穆鳩平站出來大聲道：「你們走，我來斷後！」

秦晚晴譏誚地道：「你斷後，你能撐多久!?」

穆鳩平道：「妳們都是因為我們才落到這般田地……我們！我們不做一點事還

算是人!?」穆鳩平說得真誠無比，秦晚晴本待諷刺幾句，但也說不下去。

沈邊兒也站出來，平靜地道：「我和穆兄一起斷後。」他和穆鳩平一剛一柔，一動一靜，但同是堅定無比。

息大娘忽道：「好，你們都恐後人而死，那麼，你們作先鋒，我們一起來斷後吧。」她移了半步，和戚少商並肩站在一起。

秦晚晴一向跟隨息大娘，她馬上就明白息大娘的意思：攻城的人志在戚少商，雷捲、息大娘、穆鳩平、沈邊兒等幾人，只要他們留著作戰，或另走他向，攻城的主要高手，就會集中追拿他們，而放棄追殺其他的姐妹們。

一旦這些武功一流的敵手不在，其他的姐妹逃生的機會就大了數倍——憑那些官兵軍士的武功，要對付毀諾城的女弟子們，不一定能討得了好。

於是秦晚晴也道：「好，就這麼辦，誰敢跟我第一陣衝出去？」

——她這個「第一陣衝出去」，其實主要不是爲了逃生，而是使敵人轉移目標，以使其他姐妹們得以逃生。

沈邊兒善於運籌帷幄，馬上瞭解秦晚晴的意思，道：「我跟你一道去。」

穆鳩平本來也想要去，但念及跟一個「女流之輩」衝鋒陷陣，總是礙手礙腳，不大方便，一時沒有作聲。

息大娘向戚少商道：「我們先留在這裡壓陣。」

戚少商也自然明白她的用意：只要他倆留在城裡，外面的主要強敵就定必集中精力，來對付他們，而忽略逃命的女弟子們。

這對戚少商而言是求之不得的事：他總覺得是自己連累了全部在這兒的人。於是他即道：「謝謝你，大娘。」

息大娘噗嗤一笑，道：「別把我叫成什麼『李』大娘了。」她在這個時候還有心情笑，還有心情開玩笑，頓時把整個氣氛都輕鬆了下來。

就在這時，忽然「轟」地一響，西北面一角被炸坍了下來，碎石飛濺，沈邊兒大叫了一聲：「捲哥？」原來那兒正是唐晚詞扶雷捲入內室醫治的地方。

廿四 風箏

沈邊兒不理壁石仍不斷塌落，衝入內室，戚少商也掠了進去，叫道：「捲哥！」息大娘紅唇翕動一下，無聲地叫了一句：「晚詞。」這時，敵人已經衝殺進來。

要不是有劉獨峰的命令，毀諾城的女弟子死亡數字，肯定會在一倍以上，而被姦淫的女子，更不可勝算。

但誰都不敢公開違反劉獨峰的意旨。

在息大娘下令「逃」之後，毀諾城的女弟子們全力衝出重圍，但至少有四分之一戰死，四分之一被捕，四分之一人靠著魚目混珠的女扮男裝逃出生天，另外四分之一是硬闖出去的。

——逃出生天又怎樣？本來在一個溫馨快樂和諧的「大家庭」裡，現刻成了亡命之徒，流落天涯，還被官府追捕，想必心喪若死。

在敵人蜂擁而入之際，戚少商與沈邊兒還在拚命挖坍倒的石堆，希望能救出雷捲和唐晚詞。

戚少商只有一隻手，他挖得比沈邊兒慢。

沈邊兒挖得十隻手指頭都是血。

沈邊兒一邊咬牙切齒地道：「是誰埋的炸藥!?」

戚少商恨聲道：「劉獨峰的手下，至少有兩人是引地雷裝火器的高手！」

沈邊兒臉色煞青，一字一句地道：「劉獨峰!?」

戚少商和秦晚晴對望一眼，他們知道，要是雷捲和唐晚詞是被埋在這一堆瓦礫裡，縱挖出來也沒有用了。

息大娘和秦晚晴跟唐晚詞的交情，恐怕不比沈邊兒和戚少商對雷捲的淺，可是女人在這重要關頭時刻，有時反而要比男人冷靜。

息大娘忽道：「不必挖了！」

沈邊兒不想聽下去，大叫道：「捲哥未死！捲哥未死！」手上更瘋狂了似的挖磚撬石。

息大娘冷靜地道：「雷捲是還沒有死。」

沈邊兒和戚少商立時回顧，一個道：「什麼?」另一個道：「你說真的?」

息大娘道：「是我的意思，要唐晚詞先帶雷捲走。我請了幾位幫手，來去自如，就是靠那條地下通道，不過，現在地道的出口已被堵塞了。」

沈邊兒喜道：「那就好了。」

息大娘道：「現在是大敵當前，對敵要緊，假使我們都沒有死，我們中秋月圓就在南燕縣郊七十裡的易水畔再見！」

沈邊兒道：「好！」疾掠而出，秦晚晴跟息大娘一點頭，兩人雙手搭在一起，相視片刻，忽然間，秦晚晴鬆手，跟著沈邊兒的去向掠去。

她是負責和沈邊兒打前鋒，吸住敵人的注意力，好讓姐妹們脫逃。

息大娘長嘆一聲，轉身要走，戚少商一把拉住她，沉聲問道：「捲哥並沒有及時逃得出去，是不是？」

息大娘點點頭道：「這石室裡本是有通道，現在已給劉獨峰炸毀了，那是死路一條。」一面說著，一面拔出劍來，在石地上疾畫了幾個形狀古怪的字。

戚少商痛苦地道：「那麼，妳爲何要這樣說……」

「不這樣說又怎樣？」息大娘收劍反問，「難道就眼睜睜的看你們不思報仇，只在痛哭流涕!?」

戚少商握著拳頭，道：「大娘……」

這時敵人已經像潮水般殺了進來。

沈邊兒和秦晚晴都自度必死。

沈邊兒才衝出去，脅部便著了一記飛刀。

他們殺了一批敵人，又殺入一批敵人，直到他們手是血，臉是血，衣是血，全身都是血，然後又遇了顧惜朝和鮮于仇、冷呼兒的包圍。

在衝殺之中，沈邊兒的脅部，中了顧惜朝的飛刀，他是用脅骨硬生生把刀夾住，每一個動作，傷口都痛得死去活來。

以武功論，他遜於戚少商，戚少商的武功本來略高於顧惜朝，在這種情形之下，他遠非顧惜朝之敵。

秦晚晴的武功也非鮮于仇和冷呼兒二人聯手之敵。

但是沈邊兒和秦晚晴卻沒有死。

沒有死的原因是：忽然間來了四個蒙面人，這四個人，武功都不高，然而卻發揮了一定的效用，有的用暗器，有的放煙霧，有的撒釘子，甚至有一個用上了胡椒粉，使得顧惜朝忙於應付，無法把沈邊兒一舉格殺。

沈邊兒和秦晚晴被護出碎雲淵，渾身披血地到了往南燕鎮的路上，連他們自己也弄不清楚，是怎麼死裡逃生的。

那四個蒙面人卻趁亂逃了出去，卸下了臉布，由於局面混亂，他們又是男子，一旦混雜其中，便無法追捕。

這四人分四個方向直掠出毀諾城，重新聚合，往同一個方向，疾馳入樹林子裡。

樹林裡，劉獨峰和李二座鎮在那裡。

這四人當然便是雲大、藍三、張五、廖六。

他們卻看見劉獨峰在放紙鳶。

從他們的角度看去，那紙鳶至少離開有三里外，但紙鳶的體積約有一個牯牛般大小。

那想必是一隻很大的紙鳶。

他們都沒有問劉獨峰為何要在此地放紙鳶，他們知道主人做任何事都必然有理由，只是一般人不易察覺那真正理由所在而已。

雲大道：「爺，已經解決了。」

劉獨峰道：「救的是誰？」

藍三道：「是沈邊兒和秦晚晴。」

劉獨峰「哦」了一聲道：「雷捲呢？」

張五道：「他和唐二娘可能已經殉難了。」

劉獨峰臉色不變，但一向穩定的手背，手背上的賁露的青筋突地動了一下，只說了兩個字：「可惜。」

這次輪到廖六問了：「周四呢？」

李二答道：「他在三里開外，引導風箏的方向。」

劉獨峰為什麼要放風箏？

他這麼多地方不選、偏選這地方，此時此境來放風箏？

沈邊兒和秦晚晴倒在稻田的水渠裡，疲乏得像死了一般。

然而金色的夕陽極為燦麗，照在阡陌連疇的金黃稻田上，那金色的夕陽照在水彩畫般的雲層裡篩出來，美得像圖畫一般。

兩人忽然發覺這地方美得令人如置身仙境。

兩個人都楞了好一陣子。

在這時候，兩人才感覺到自己是逃出來了。

兩個人髮襟凌亂，披著泥草，忽然相擁在一起，渾忘了一切。

他們一起共歷過血戰，走過生，走過死，現在相擁一起，只是一種親近，一種親切，甚至不知是喜悅還是痛苦：他們終於活了下來了！

這時的相擁相依，都是發自至情至性的。

但是過度的疲乏，戰鬥過後的空虛，很快的侵佔了他們，他們相擁在一起，聽著彼此的心跳，風徐吹過，金黃的麥穗就在他們身後沙沙作響，兩人覺得這像是沒有了一切，沒有了一切的恬靜。

這恬靜像風，像麥穗的沙沙。

像靜時的光陰。

秦晚晴只覺得眼皮很倦，像風在呵護，依偎男人溫暖的臂膀裡安眠……

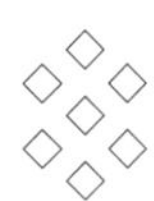

其實不僅秦晚晴睡了，連沈邊兒也睡了。

他有生以來，像一柄高手鑄冶給鎮疆大將軍的劍，是利的，硬的，快的，一出爐就作戰，從沒有止息的時刻。

然而這一次在戰亂後的短眠，卻是他畢生至今，睡得最安詳的一次。

甚至連夢也沒有，只有麥穗在沙沙，沙沙……夢裡的世界也是恬靜，金黃的。

他終於被噩夢驚醒。

他夢見雷捲。

雷捲滿身浴血，掙扎把手遞向他，可是他卻似給點了穴道，渾身動彈不得，雷捲把手愈伸愈近，竟執了一條羽毛，在拂撩他的臉！

他一驚而醒。

他雖驚醒，但長年的訓練使他全身肌肉完全不動，只把眼睛略略睜開。臉上很癢。

原來是髮絲。

秦晚晴的髮絲亂了，隨著晚風，吹掠過他的鼻尖。

月半圓，風把稻麥揚起一種寂寞的熱鬧，秦晚晴睡得很甜，臉側向月亮那邊，紅唇微翹，像一張小孩子的臉。

沈邊兒看著、看著，不覺出了神。

風一緊一緩的吹著，整個稻田就像一座洶湧的海，時而潮漲，時而潮落，沈邊兒有坐在船上、放棹出海的感覺。

由於風吹得稻麥搖幌，他倆擁在一起的軀體也有些搖蕩，沙沙，沙沙，沈邊兒忽然感覺到，那身體與身體接觸之間，有一種很奇異的感覺。

秦晚晴的身裁，該突的地方突，該凹的地方凹，該豐滿的地方豐滿，該消瘦的地方消瘦，她的皮膚雖然粗一些，可是有一種特有的少婦的韻味，尤其在她細長的頸子表露無遺。

月亮照在她的脖子上，她的髮腳蓬蓬鬆鬆的都亂了，紅唇微微張開，露出兩隻白而大得可愛的門牙，有一種少婦的甜香。

彷彿那是溫的、香的、令人貼近去會狂熱的、會融化的。

然而她是那麼恬靜，在月光下，細長的脖子裡的血脈、寧謐地躍動著素淡的生命，她還是微微露著齒，彷彿正有一個好夢。

好夢。

一個少婦，此時，卻像一個嬰孩。

貼在沈邊兒身上的，卻是一個溫熱的肉體，沈邊兒忽然心生愛憐，以至無法自抑。

心生愛憐的發乎情，然而無法自抑那是不能止於禮了。

其實在人類原始的本能，嗜了血之後，筋疲力倦，卻更會興起更原始的慾望。

沈邊兒原本是一個很能自制的男人。雷捲在他入門三年後就下斷語：「邊兒比我能忍，他能忍人之所不能忍。一個能做大事的人，必須先要能忍，沈邊兒會把握時機，夠聰明，加上他能忍，如果夠運氣，必定能成大事。」

戚少商也在觀察了他兩年後作出了評語：「沈邊兒很冷靜，自制力極強，一個冷靜的人，可以準確地判斷事情，而自制力強的人可以壓制不必要的衝動，不衝動而善於判斷是一個領袖必須具備的本領。」

可是沈邊兒現在失去了抑制，他衝動。

他想強忍這股衝動，可是秦晚晴著實太過嫵媚，而他又一向自抑，絕少親近過什麼女子，他在女子身上獲得的，往往不是滿足和快樂，而是痛苦與煎熬。

所以當一個這樣香甜的婦人挨著他睡，他愈想抑制，就愈衝動。

沈邊兒本來就雙手擁住秦晚晴，但在凝視她的時候，已鬆開了手，現在反而不敢刻意的摟過去。

但他還是忍不住在秦晚晴的唇上，印了一印。

秦晚晴的紅唇，微微翕動了一下，星眸半睜，還沒有完全清醒過來。

沈邊兒情不自禁，輕吻了一下之後，忍不住又熱烈地吻下去。

秦晚晴仰著脖子，媚眼如絲，「嚶嚀」一聲，雙手也搭在沈邊兒肩上。

沈邊兒深狂的吻下去。

忽然間，秦晚晴猛地推開了他。

沈邊兒像被判了死刑似的，全身僵住。

秦晚晴迅疾無倫地摑了沈邊兒一記清脆的耳光，身子像遊魚一般閃出丈外。

然後她站在一片稻海月河下，在整理亂髮，宛如什麼事情都沒發生過一般。

可是沈邊兒卻知道發生過什麼。

懊悔、恥辱、自責、慚悔……交織囓咬著他，他站在原地，比打了敗仗還要沮喪。

月色如乳，稻風送爽。

良久。

沈邊兒道：「秦姑娘……」

秦晚晴道：「叫我秦三娘。」

沈邊兒道：「秦三娘，我……」

秦晚晴道：「叫我三娘。」

沈邊兒只恨不得急挖個地洞，把自己埋了下去：「三娘，我剛才……」

秦晚晴彷似什麼事情都沒有發生過似的：「剛才什麼了?」

沈邊兒脹紅了臉，看著腳尖，發了狠地道：「剛才我不是人！」

「我連禽獸都不如！」他愈說愈激昂：「我該死！我該死！」說著捶打自己，砰砰有聲，連鼻孔都嗆出血來。

秦晚晴著實嚇了一驚，連忙一掠上前，抓住他的雙手。「你幹什麼!?」

沈邊兒沮喪地跪了下去，用一種比哭還難聽的聲音道：「剛才我……我什麼不好幹！可是我對妳……我對妳……我竟冒犯了妳！」

秦晚晴笑了。

笑聲很清脆。

那麼清快的笑聲，可是一點也不讓人覺得純真，反而更增嫵媚。

「我給你冒犯，你才有得冒犯。」秦晚晴淡淡地道：「你又何必自責。」

廿五 一夕留情

沈邊兒決未想到她會如此說話，呆了一呆，怔怔地道：「妳……妳難道不生氣麼？」

秦晚晴以手擢髮，像一個小母親在看她的小兒子一般的眼神，學著他的口吻道：「我……爲什麼要生氣？」

沈邊兒喃喃地道：「可是，我……」

秦晚晴怪有趣地問他：「你說，我該生誰的氣？」

沈邊兒期期艾艾地道：「剛才是我……侵犯了妳……妳應該生……生我的氣呀……」

秦晚晴以一隻手挽後束著後髮，湊近臉來，問：「我爲什麼該生你的氣？」

沈邊兒只覺得月光下，這容顏觸手可觸，但又遠不可及，幾疑不是在人間，怔了一怔，說：「生氣？」

秦晚晴笑了，一個字一個字地道：「告訴你，我不生氣，我一點也不生氣。」

「你吻了我一下，我打了你一記耳光，彼此兩不欠；」她笑著說：「我們是江湖兒女，我們這樣抱在一起，你是男的，你有衝動，理所當然，不然，除非是我長得醜，或者你不喜歡我，我長得醜嗎？」

又湊過臉去，讓他看清楚。沈邊兒迷迷濛濛中吃了一驚，退了半步，忙道：「不醜，不醜。」

秦晚晴笑道：「那你喜歡我嗎？」

沈邊兒更沒想到她會有此一問，一時答不出來。

秦晚晴追問道：「你喜不喜歡我？」

沈邊兒茫茫地道：「妳……秦姑娘妳要我——」

秦晚晴截斷道：「叫我三娘。」

沈邊兒道：「三娘我——我真的喜歡妳。」沈邊兒說這句話的時候，才發現自己對這個眼前的女子有一種深藏心底裡洶湧得無對無匹的感情，在這一句話吐露出來的時候舒暢非常，所以語氣也誠懇無比。

秦晚晴聽了，眼眸裡剛有一絲感動之色，忽然間臉色一沉。

「你……爲什麼要喜歡我？」

「我……」沈邊兒實在答不出，說因爲她美，又太因色動心，說因爲她人好，卻又未曾真箇瞭解她的爲人，一時不知怎麼作答是好。

「你並不是真的喜歡我的。」秦晚晴冷然一哂道：「你只喜歡我的身體。」

沈邊兒一聽這句話，只覺一股熱血上衝，自己的人格也被侮辱了一般，大聲道：「不！妳以為妳自己很漂亮是不是!?嘿，我才不稀罕妳的美色，比妳美的人，有很多，但我連碰都不碰，妳是我第一個親近的女人，妳……」

秦晚晴望著他，眼眸忽然朦朧了起來，喃喃自語道：「稀罕的，你們男人都稀罕的……」忽然問：「你說喜歡我，究竟喜歡我什麼？」

沈邊兒道：「我就喜歡……和妳在一起。跟妳一起，我很快樂。」

秦晚晴眼眶有些潮濕，她很久沒聽過這些話了：「你說的是……」

沈邊兒斬釘截鐵的道：「是真的！」任誰都可以看出他的眼神誠摯無比。

忽然「錚」地一聲，秦晚晴的袖口掣出短劍，指著沈邊兒的咽喉。

沈邊兒嚇了一跳。

秦晚晴一雙亮而細的眼睛，顯得冷利無比：「不許你喜歡我。」

沈邊兒憤然道：「這算什麼？」

秦晚晴貼肘平舉短劍，又跨近一步，劍尖已在沈邊兒頭上刺出了一點鮮紅的血。

「不許你喜歡我。」

「妳可以不喜歡我；」沈邊兒冷笑道，「卻不可以不准別人喜歡妳。」

「可是你不可以喜歡我。」秦晚晴劍尖在顫抖，竟掉下淚來。

沈邊兒看得心頭不忍，想了一想，終於恍悟似地道：「哦，原來妳早有了意中人，我不知道，那我就……」

秦晚晴哭了起來，捂著臉嗚咽跺足道：「不是，才不是哩……」

沈邊兒慌了手腳，上前一步，想勸慰秦晚晴，一不小心，給劍尖劃中，頸旁湧出血行，沈邊兒不禁「哎」了一聲。

秦晚晴哭著，本來以手掩目，但從指縫裡看見沈邊兒頸旁受了傷，心疼起來，用手指去觸了一觸，沈邊兒縮了一縮，秦晚晴問：「痛嗎？痛嗎？」

沈邊兒有些迷茫的看著秦晚晴，道：「不痛，不痛。」

秦晚晴突然柔靜的湊過臉去，輕吻沈邊兒頸部的傷處。

沈邊兒靜看秦晚晴俯下來那渾圓微賁的額，以及在額上的幾綹亂髮。

他心中生起強烈疼惜的感覺，想用手去撫平那幾綹髮絲。

秦晚晴停止了吮吸，悠悠地抬起了臉。

月光下，一對溫柔似水多情的眼。

微露的皓齒，尖巧的額。

微微的倦色，些許的草屑，更添楚楚可憐。

沈邊兒忍不住用手扶起她的秀頷。

「你能不能只要我，而不要喜歡我？」秦晚晴用一種令人聽了不忍心的哀求，這樣地問。

她的唇上還閃著血漬。

是沈邊兒身上的血。

沈邊兒搖首，發出一聲嘆息：「不能。」隨即大力的吻在她的唇上。

略帶腥鹹的血味，還有濕濡柔滑的唇……令沈邊兒忽然用力的擁緊了她。

他們第二度親吻在一起。

月色下，風和稻穗的世界。

他們緊緊的貼著，彷彿已化成月色，化成聲音，化成兩根互相廝磨的稻穗……

直至秦晚晴微弱地推開他，微弱地問：「你……要不要我？」

沈邊兒一面憐惜地太息，一面溫柔有力地道：「我要妳，也要喜歡妳，就算妳殺了我，也不能阻止我要妳，喜歡妳。」

秦晚晴顫聲道：「這又何苦？」悽弱得就像一枝無助的麥穗。

沈邊兒怕失去她似的摟緊了她：「為什麼不可以？」

秦晚晴幽幽一嘆，雙手攬住他的腰；忽然間睜開了星眸，感覺到他的強烈的衝動。

像灸熱鐵棒一般的熱烈和衝動。

秦晚晴又閉起了眼睛，像夢幻一樣的聲音，在沈邊兒耳畔響起：「我不是黃花閨女，如果你要我，你可以……」

沈邊兒反而放開了她，滿臉通紅。

秦晚晴幽幽的白了他一眼，在月光下，雙眸盈著淚光，她用手解開了衣衫。

沈邊兒是人。

他是男人。

而且是十分強壯、年輕的男人。

秦晚晴微弱的喘息，在稻穗廝磨聲裡，柔弱得令人心折。

悽清得足以融化沈邊兒的熱情。

陽光普照。

一遍稻穗如金。

秦晚晴正過去把一件一件的衣衫拾起，穿上，她幽怨的看著仍在恬睡的沈邊兒，嘴邊含了個似笑非笑的笑容。

然後她挽起了髮，露出細長的頸，迎著朝陽伸了個懶腰，她細秀的頸，還有些毛髮，柔順的朝下坐著，經旭日一照，成了金色的柔絲，使她格外的明媚，像略鍍了一層輕金似的。

然後沈邊兒也醒來了。

他伸手一攬，發現不見了身旁的人。

他身旁的人，在他心目中，已是一生幸福之所寄。

他立即緊張了起來，幸好，秦晚晴就在他眼前，用一種像看淘氣孩子的眼神捎住他。

「看你。」秦晚晴嗔著說他，「像隻髒豬。」

沈邊兒笑了，一個挺身就起來，笑道：「髒？昨晚妳又不嫌……」

秦晚晴劈手給他一巴掌，沈邊兒嘻笑閃過，秦晚晴佯作生氣地道：「再說，你這懶豬，我就把你殺了煮來吃！」

沈邊兒一伸舌頭，道：「謀殺親夫啊，這可不得了。」

秦晚晴忽又臉色一寒，半晌，才央告地說道：「不要這樣說，真的，不要這樣說。」

沈邊兒再也忍不住，過去擁著秦晚晴，道：「為什麼我不可以這樣叫妳，我們已經……妳是我的妻子，我的夫人，我的老婆。」

秦晚晴冷靜地道：「就當我們是昨晚的緣份，今兒把它忘掉，好不好？」她的眼睛微微上抬，平靜的望著沈邊兒。

沈邊兒突然覺得愛煞了她的神情，也恨煞了她的話語：「妳……好，妳！妳跟多少人有這種露水姻緣，一夕留情!?妳，妳做的好事！」

秦晚晴輕咬住嘴唇，冷冷地道：「你高興怎麼說，就怎麼說，要怎麼罵，便怎麼罵。」

沈邊兒抓住她柔弱的雙肩一陣猛搖：「告訴我，爲什麼!?至少讓我知道，是爲了什麼？」

秦晚晴忍著痛，掙開他，背過臉：「就當我是水性楊花的女人罷。」

沈邊兒用力地踏著地上的軟泥，狠狠地道：「水性楊花的女人！水性楊花的女人！」

秦晚晴噙著淚，回身道：「我們已逃出來，從現在起，你走你的，我走我的……」

沈邊兒跺足道：「好！妳這種女人，我也不想再見——」狠狠排開稻草，走入人高的稻穗裡去。

沈邊兒一旦消失在稻海裡，秦晚晴張口欲呼，招手欲喚，但卻喊不出聲音來，眼淚簌簌而下。

◇◇◇

沈邊兒只覺得四周的稻穗，都發出颼颼的聲響，腳下也是這令人煩躁的聲響，全不似昨夜如催眠般柔和的沙沙。

他恨不得用一把刀，砍盡這一大片稻草。

也不知是風送來，還是怎麼，他突然聽到一句話：「慢著，好像有人走過來了——」

沈邊兒一楞，本來正在分開稻草的手，乍然止住。

本來要往前踏的腳步，也陡然頓住。

他整個人像遽然定住了一般。

那聲音也突然終止。

再也沒有人聲。

只有其他的雜音。

風拂稻穗聲，水蛙鳴音，泥塘冒泡的微響……

良久。

沈邊兒終於聽見有人在說話。

說話的人也在壓低語音。

「誰說有人聲？」

「剛才明明聽見好像……」

「啪」地一下耳光清脆的響，原先那人罵道：「別杯弓蛇影了，那兩人還沒來，你就怕成這樣！待會見大當家把他們趕入這裡，我們在此伏擊，你要是縮在一旁，看我不宰了你七塊九塊餵王八！」

「是，是……」另一人顫聲道。

沈邊兒心中飛快轉念：這些人，看來便是攻打毀諾城那一夥的，他們說的兩個人……秦三娘有險！

沈邊兒一念及此，再也鎮定不下來，颼地掠了出去。

他要在這些人沒有發現秦晚晴之前找到她！

就這輕微的一響，那一干人似已發覺。

可是沈邊兒不管了。

他一定要先找到秦晚晴。

——可是秦晚晴在那裡!?

突然，他聽見西南角上有短刃交擊之聲。

他毫不猶疑就竄了過去。

待他掠到那兒時，兵器聲已停止，稻穗倒了大片，顯然有經過一場激烈的打鬥。

地上倒了三個人，血染金黃色的稻草。

沈邊兒的心突的一跳，看清楚才知道秦晚晴不在其中。

那三名伏屍的人都是連雲寨黨徒的裝扮。

沈邊兒正要舒一口氣，忽聽四面八方有人叱道：

「在這裡了？」
「咄！還想逃！」
「別讓他跑了！」
沈邊兒迅速遊目一掃，知道在稻草堆裡現身的共有十一人，其中一個手持金槍，跟金黃的稻穗，金烈的陽光照映，特別威風。
只聽其中一個人道：「咦？不是他——」
另一個說：「誰說不是！」
先前的說：「當然不是，昨晚那個，給顧大當家打得不住吐血，這人傷得不怎麼重——」
那持金槍的揚聲喝問：「喂，還有一個女的，躲在那裡!?」
沈邊兒一聽，更放了心，冷冷地道：「什麼男的女的，人在這兒，命在這裡，有種上來取去。」
持金槍的怪笑道：「你是什麼東西!?可知本大爺是誰？」
他旁邊的人立即巴結地跟他接了下去：「他便是我們連雲寨的二當家『金蛇槍』孟有威孟大俠！」
沈邊兒有意拖延時間，好讓秦晚晴聞風逃脫，便道：「哦？孟有威麼？我聽說他只是連雲寨的小角色，排到第六，怎麼一下子陞得那麼快？是討了新主的好，拍了新任寨主的馬屁，還是自己封自己個頭銜？」

孟有威氣得齜著牙齒，金槍「呼」地劃了三、四道花槍，正要說話，忽然間，草叢裡傳來幾聲慘呼。

孟有威臉色一變，沈邊兒長空掠起，一拳將一名連雲寨弟子的臉門打裂，人已趁這剎那的變亂間，竄入稻海之中。

他認準了最後一人慘呼之所在，潛越而去。

他潛至發出呼叫聲的地方，與發出最後一聲慘呼，不過相差幾個眨眼的功夫，可是那兒已經沒有人。

只有死人。

死的是一名連雲寨的弟子，手裡有一張七發火彈弩。

——是誰殺死他的？

就在這時，沈邊兒也已驚覺四處有人潛擁過來的聲響。

沈邊兒再也不理一切，站了起來，大聲呼道：「三娘。」他在「霹靂堂」雷門，一向沉著練達，平日在雷捲面前扮演衝動剛烈的角色，但雷捲和戚少商都深知他穩重冷靜的一面，可是他現在因爲耽心秦晚晴的安危，已經失卻了他平時的鎮定。

廿六　金黃稻穗鮮紅血

沈邊兒才叫出聲，稻叢裡立即冒出了七八個人頭，此起彼落。

這些人正迅速在向他包抄過來。

就在此時，又一聲慘呼。

慘呼聲離沈邊兒左邊不及八尺之遙。

沈邊兒立時向那裡掠去。

突然，他原先站立的所在，噗噗噗連響，至少有十四、五件暗器，打在稻桿上！

沈邊兒長空掠起，有兩道身影，一左一右，半空夾擊。

三道人影一分，沈邊兒落在慘呼之處，那兒多了一名死人，伏在地上。

沈邊兒左腰多了一道血口。

那兩道人影，一人落下，額骨爆裂，永不能起。

另一人驚魂未定，孟有威已經趕到，一槍往稻叢中沈邊兒的背門扎去。

沈邊兒倏地往稻叢裡一伏，消失不見！

孟有威氣唬唬地下令：「搜！都給我搜出來，我要他死一百九十二次！」

他這一聲叱，沈邊兒自然也是聽到。

可是他已無心戀戰，心裡亂成一片。

就在這時，自己後面的稻叢，微微移動了一下。

沈邊兒知道孟有威的人搜到來了，他身子不帶一絲聲息的疾閃過去，分開稻草，果見人影一閃。

「錚」！那人出劍！

劍好快，眼前一亮，劍已至！

沈邊兒目為之眩，閉起雙眼，雙手認準部位，一抓一扣。

劍已及咽喉，但發劍的手已被沈邊兒抓住！

劍頓住，但那人「錚」地又拔一劍！

沈邊兒的肘錘也立即撞了出去！

突然間，他覺得手裡所扣的臂腕，柔若無骨，有一種說不出的熟悉感覺。

他不禁頓了一頓。

那人的第二劍也陡然停住。

兩人一看，不禁一齊失聲叫道：「是你！」

「三娘！」

兩人才一出聲，稻草絲絲作響，又有敵人逼近。

秦晚晴眼珠子往稻叢裡一轉，疾道：「走！」兩人一齊翻滾過去，原先立足之處，已剎然多了幾人。

秦晚晴與沈邊兒卻已不見。

又一聲慘呼。

秦晚晴拔出了劍，沈邊兒收回了拳頭。

一名連雲寨叛徒倒地而歿。

沈邊兒握著秦晚晴的手，激動地壓低聲音，啞然道：「三娘，我找得妳好苦……」一時間千言萬語，但又無從說起。

秦晚晴的眼眸濕潤，出現了感動的神色，用手掌把沈邊兒的手背輕輕覆蓋，道：「我……我也在找你。」

沈邊兒只覺心頭一熱，道：「三娘……妳，妳也是喜歡我的，何苦……」

秦晚晴拍拍他的手背，嗔笑道：「快別說這些了，我算過來，他們一共有十九個，十一人向你明打著包圍，另外八人匍伏前來狙擊，剛才，我放倒四人，你殺了兩名，還有一個，給我們合力幹掉，總共七人，也就是說，他們還剩下十二人。」

沈邊兒覺得只要秦晚晴在他身邊，世間一切都變得沒有難事了。「那十二人不是什麼角色，不是我們的對手。」

「可是，」秦晚晴狠狠地道：「打退他們並不難，我們卻不能讓他們離開，不能活回去一個！」

沈邊兒見到秦晚晴狠辣的神情，初時也怔了一怔，往後立即明白，道：「對！」

——只要有一人活回去，便會率眾回來這裡，這地方變成不是藏匿之處了！

——黃金鱗、顧惜朝等若知道他倆未死，一定會派重兵來搜捕，追殺他們的，那時就永無寧日了。

沈邊兒忽又想起了一點：「他們本來是來伏擊兩個人的……」

秦晚晴道：「所以更不能讓他們回去通風報訊。」

沈邊兒突然起身，揮拳，一拳擊碎了一名潛近欲揮刀的敵人之喉核，對方連叫都來不及，便已噝了氣。

沈邊兒又伏了下來，兩人靜悄悄地潛離了原地，秦晚晴道：「剩下十一人。」

沈邊兒道：「要殺他們不難，但要殺死他們全部則不易。他們一旦驚懼，大可四散而逃。」

秦晚晴道：「除非讓他們不感覺到畏懼，還以爲他們贏定了，才有機會逐個擊破後，一舉搏殺。」

「好，」沈邊兒道：「但要留下一人，我要問個清楚。」

秦晚晴點點頭，然後用手抓住稻桿，搖了幾搖，霍然，一柄槍尖，迎面刺到！

秦晚晴一個筋斗翻了出去，哀呼了一聲。

沈邊兒一手抓住金槍。

孟有威心裡一凜，對手出手之快，令他完全不及變招，但他也是應變奇速，把槍一折，槍竟分爲二截，孟有威一手抄住另一截槍，急刺沈邊兒。

沈邊兒悶哼一聲，掩臉而退。

孟有威還來得及看見對方手背上指縫間都是鮮紅的血！

這時一名連雲寨叛徒已抄至沈邊兒身後，但慘叫一聲，背後著了一劍，撲倒於地。

孟有威急搶過去，但沈邊兒已潛入稻草叢中不見。

孟有威發出一陣特別的胡哨。

那是他們的暗號。

一下子，便來了十個人。

孟有威持著槍，威風地道：「其他的人呢？」

其中一人恐懼地道：「就這麼多了，能到的，都到齊了。」

——不能到的，已經到另外一個世界去了。

一名連雲寨叛徒懷著懼意的道：「孟寨主，我們，我看，不如……」

孟有威神威凜凜似的道：「怕什麼!?那女的已受了傷，男的也被我刺中，準活不了！快去搜！」

「是！」連雲寨的叛徒又各自兩三人成一小組，鑽入稻叢裡去，孟有威不曾留意，原先集合的九個人，現在已成了八個人。

孟有威自己也在搜索。

他知道這一男一女是大官黃金鱗、大當家顧惜朝眼中釘、大對頭，如果能抓住甚或殺了這兩人，必定能使黃金鱗和顧惜朝高興，不管大官還是大當家高興，對他而言，可是件大大的好事。

——先搜殺這一男一女，再伏殺跟著要來的那對男女，這功可立得不小哇！

——老九游天龍只顧著去抓穆鳩平，可給自己獨佔了這個大功！

想到這裡，他就比拾到個大元寶還興奮。

也在這時，稻叢裡又傳來兩聲低嚎。

叫聲方起，便似給割斷了咽喉，再也呼嚷不出了。

孟有威立即挺槍趕了過去。

兩個死人。

連雲寨的人。

金黃的稻穗沾染了血跡。

孟有威忽然感覺到一絲不祥的念頭：他畢竟在連雲寨裡出生入死，大小百戰十戰，情形對不對路，一向拿捏得甚為準確。

他這個念頭剛起，稻叢中又傳來撲地的聲音。

孟有威立即掠了過去，剛好來得及看見兩名弟子倒地，另一名帶著莫大的驚惶恐懼，全身發著抖。

那名弟子一見孟有威，一如見救星，舌頭打著結：「他們……他們……殺了……殺了……」

孟有威馬上決定了一件事。

情形看來並不如他所想像的：走！

◇

孟有威馬上發出了一聲奇怪的呼哨，那是召人立即集合的意思。

連雲寨的弟子也立即趕來集合。

總共是四個人。

兩個是連雲寨的叛徒弟子。

兩個是一男一女。

沈邊兒和秦晚晴。

沈邊兒和秦晚晴一點也不像是受過重傷的樣子。

沒有趕來的連雲寨子弟，自然都遭了毒手。孟有威這兒只剩下了他自己，和三名弟子。

孟有威立即知道自己上了當。

他本來還有勇氣一拚，但當他發現沈邊兒和秦晚晴根本沒有被他所傷時，便有一種跌入陷阱的感覺，這感覺使他失去了全部的勇氣。

他大吼一聲：「上！」當先一槍擲去！

他一槍發出，也不管是否命中，拖槍就走。

那兩名連雲寨弟子見主帥先上，他們也揮手撲上，沈邊兒揮拳，一拳打在刀尖上。

刀節節斷裂。

沈邊兒第二拳打在他的手背上。

那人的手臂立時發出拍拍如乾柴爆裂的聲響，他的指骨撞拳骨，拳骨撞腕骨，腕骨撞臂骨，臂骨撞肘骨，一剎那間，手臂骨節全碎。

沈邊兒並不想使他太痛苦，第三拳便殺了他。

另一名連雲寨的叛徒的刀給秦晚晴雙劍架住，交叉一剪，刀折爲二。

然後雙劍到了他的頸上，交叉一剪，脖子落了下來。

孟有威發狂地奔逃，另一名連雲寨弟子，原早已嚇破了膽，也亡命地逃。

換作平時，沈邊兒和秦晚晴也不想趕盡殺絕。

可是現在他們沒有辦法。

留一個活口，無疑等於把自己推入死路。

沈邊兒疾道：「我抓姓孟的！」

他說完這五個字時已攔住孟有威。

同時間秦晚晴已殺了那連雲寨剩下的唯一弟子。

那名弟子慘呼倒地，秦晚晴的心裡卻有一種很奇異的感覺：

一劍，就毀了一條生命，不分什麼忠奸敵我，不論什麼正邪好壞，倒下的是一個活生生的人，變成一具沒有生命的屍體。

——爲什麼武林中的生命，竟如此輕賤，非要血來洗滌個人的恩怨不可？

——這些人本來互不相識，但爲了立功受命，他便殺她，結果是她殺了他，他死了，彼此還是互不相識。

——為了自己活命，已在片刻間殺了一十八條人命，這樣子換來自己的生存，値得嗎？

可是秦晚晴沒有再想下去。

因爲她想起了碎雲淵、毀諾城。

那一眾姐妹，爲了保護幾個朋友，結果被人殘殺殆盡。

秦晚晴的眼神融在劍芒裡。

劍尖遙指孟有威。

沈邊兒攔住孟有威，還未出手，孟有威掉頭就走。

沈邊兒立即緊追，但孟有威只回頭，沒有走，他的槍自後遽然刺出！

金槍閃電般刺到沈邊兒的腰間，沈邊兒突然一肘往地上沉擊，竟把金槍壓在地上。

孟有威立時棄槍，騰身而上，撲打點踢，連攻沈邊兒七招。

沈邊兒連忙封開七招，孟有威又騰出金槍，呼呼呼一連三槍，疾攻了過去。

沈邊兒退了三步，架開三槍，反攻一招，把孟有威逼退三步，孟有威怒吼一聲，連轉三道槍花，突然之間，槍上紅纓，全如鋼針，向沈邊兒激射過去！

沈邊兒倒喫了一大驚，危急間疾脫下了袍子，一兜一套，已把紅纓針盡數收在其中。

孟有威才射出槍上針，立即返身就逃。

可是秦晚晴已攔在他面前。

他一槍就刺過去。

秦晚晴雙劍一交，挾住槍首，運力一剪，孟有威這一柄金槍，居然剪拗不斷，同時間啪的一響，槍尖離柄射出，眼看便要刺入秦晚晴腹中！

孟有威手上這一支槍，有這許多機關變化，秦晚晴也意料不到，百忙中，力注劍上，劍藉槍力一沉，秦晚晴躍起，腳急踢出！

腳尖踢在槍尖上！

槍尖倒飛，「嗤」地射入孟有威右臂中！

孟有威大叫一聲，手一痛，指一鬆，秦晚晴雙劍一迴，手中槍便給奪了過去。

孟有威反應忒也快速，立時回身向稻叢中竄去。

但沈邊兒在那兒抱著臂盯住他。

孟有威忽然跪了下來：

「求求你們，不要殺我……」

很多人都會爲了生存，做他可能平時很不願意做的事。

孟有威正是這種人。

他正是那種寧可沒有原則，也要立功，寧可不是人，也要活著的人。

所以沈邊兒問他的話他都據實的答：

「毀諾城怎樣了？」

「毀了。」

「你們是在等什麼人來？」

「雷捲和唐二娘。」

「什麼？」

「是雷捲和唐晚詞！」

對沈邊兒和秦晚晴而言，這句回答，無疑是意外之喜！

孟有威也看得出來，所以他馬上抓緊機會哀求：「只要你們答應不殺我，我都告訴你們。」

「好，我不殺你。」沈邊兒道：「但只要你說一句謊，我決不讓你多活片刻。」

孟有威當然不敢撒謊。

「毀諾城破了之後，黃大人和大當家就下令我們仔細搜索，雞犬不留……然後劉捕神去追捕戚少商和息大娘，『連雲三亂』和李氏兄弟去抓鐵手，遊老七及冷將軍去追拿穆鳩平，我便和鮮于將軍在碎雲淵的殘垣碎礫中搜查……」孟有威當然不敢仔細詳述自己如何對一些毀諾城的傷殘者殺戮和姦淫，馬上便轉入正題：「我們搜到一處潰倒的石室，忽然聽到裡面有一些異聲，便叫人把石塊掘開……」

秦晚晴忽道：「慢著。」

廿七　私情與私心

孟有威愕然，不知自己說錯了什麼。

秦晚晴卻問：「你說那堆巨石堵滿的石室，是不是前面倒著七根紅色柱子的地方？」

孟有威道：「紅色柱子……是有幾根，可是，可是我沒看清楚，總共幾根……」他正後悔自己當時爲何不數個清楚。

秦晚晴轉首對沈邊兒道：「確是二娘和雷捲的石室。」然後厲聲問孟有威：「之後怎麼了!?說！」

孟有威立即就說下去，比一頭乖順的狗遇到凶惡的主人還要聽話：

「我們聽到裡面有些奇怪的聲響，像有人在裡面推移堵塞的石塊，我們以爲是毀諾城的餘孽……不，以爲是貴城子弟，便著手掘開來，豈知——」

「原來是雷捲和唐二娘，他們倆大概見有人挖掘，便伏著不動，等我們把洞掘大了，他們就突然地撲了出來，傷了我們十六、七個人，我和鮮于將軍不是他們之敵；眼看他們要闖了出去，卻在這時，那唐二娘卻頓了一頓，直瞪著地上，那雷捲便問她『什麼事?』唐二娘沒有答腔，只對雷捲說了兩個字：『原來——』便沒說下去了——」

秦晚晴道：「她在看大娘的刻字。」

沈邊兒不明白：「刻字?」

秦晚晴湊過去在沈邊兒的耳邊悄聲道：「大娘用劍在地上刻了幾個字，是我們毀諾城的暗號，只有自己人才看得懂，是約定二娘在中秋時易水江畔相見，共謀復仇大計。」

沈邊兒也壓低聲音道：「那麼說，大娘確知二娘只是困在裡面，並沒有死了。」

秦晚晴幽幽一嘆，小聲說：「老實說，我和大娘都以爲二娘和雷捲只怕難有僥倖了，如果有幾分把握他們仍活著，必囑大家先撬開堵石救了他們再走。」

沈邊兒憬然道：「那麼，大娘說他們自有通道逃出去，是騙我的了?」

秦晚晴笑道：「通道倒是有的，但出口已被毀去，不這樣說，你怎麼肯走?現在倒好，雷捲和二娘吉人天相……想必在爆炸時，二娘他們已躲在甬道中，甬道前路已毀，但卻能避過炸力，可是出路封鎖，退路亦被堵塞，也當真是險。……」話音一止，向孟有威叱道：「快說，後來他們怎樣了!?」

孟有威卻是心中高興，因爲秦晚晴既要對沈邊兒悄聲說話，便無意要殺自己滅口，故不想給自己聽到，只要自己後面的敘述不出錯，大概還能保住性命，於是道：「後來……後來……這阻得一阻，黃大人和大當家便趕到了——」

秦晚晴恨聲的道：「不好，這兩個王八——」

孟有威趁風轉舵，也說：「對，這兩個王八，一上來，就傷了兩位大俠，我便收手不打，兩位大俠負傷闖出重圍——」他除了把激鬥中部份重要情形表略過不提外，更把自己背後一槍刺傷唐晚詞後課的事略去不說。

沈邊兒吁了一口氣：「總算也衝出去了。」

孟有威一副是站在沈邊兒這一邊的樣子：「可是那兩個王八狼子野心，趕盡殺絕，一路把兩位大俠逼來此地。」

秦晚晴道：「他們四面兜截，把二娘他們趕來這裡，你們則在這裡預先埋伏，施加暗算，以立大功？」

孟有威叩首道：「三娘女俠，你大人有大量，就饒了小的罷，我這不過是奉命行事，縱心有不甘，也身不由己呀！」

沈邊兒冷笑一聲道：「怕的是你不甘受辱，而且還不甘後人哩。」

孟有威忙不迭地哀求道：「小的一向當戚寨主馬首是瞻，唯命是從，奈何受顧惜朝那王八的挾制，只好虛與委蛇，攻打碎雲淵一事，我本就極不贊同的，但小的武功不濟，又如何有抗命之能？除了任其擺佈，又能如何？請兩位高抬貴手，饒了小的這條狗命罷！」

沈邊兒道：「可是適才你追殺我們，趾高氣揚，不是挺威風十足的麼？」

孟有威一聽沈邊兒的語氣，看來情形不妙，很有改變主意的意思，嚇得變了臉色，指天發誓道：「小的真無加害兩位之心，只要兩位放了小的，小的今後修心養性，決不作惡，奉二位上檀堂祭拜，如有違言，願血濺五步，死無葬身之地。」

沈邊兒笑道：「你也無須如此毒誓，我們說過不殺你，便不殺你。」孟有威才放下了心，沈邊兒臉色一沉又道：「可是再給我瞧見你怙惡不悛，則要你真箇死無全屍！」

孟有威忙道：「不會了，不敢了。」

沈邊兒道：「捲哥和二娘大概幾時會到？」

孟有威看看天色，答：「他們四面包圍，正往內進逼，大概再過一會，兩位大俠便會退到此處來了。」

沈邊兒一字一句地道：「你老老實實地答我，追殺他們的有多少人？是什麼人率領的？」

孟有威道：「大概有一百多人，是黃大人、文大人、大當家和鮮于將軍領的隊。」

沈邊兒與秦晚晴相顧一眼，伸手點了孟有威的「睡穴」，孟有威整個人就似暈死了一般。沈邊兒道：「這幾個人，都不好惹。」

秦晚晴在預算敵我雙方的形勢：「顧惜朝的武功在你之上，黃金鱗的武功也在我之上，文張高深莫測，加上鮮于仇和一眾官兵叛賊，是難有勝機的，除非，雷捲和二娘受傷不重，我們合四人之能對抗，或許還能一戰。」

沈邊兒道：「那麼，我們是不是也要在這兒佈置一下，以便作戰，還是離開這片稻田，去找捲哥他們？」

秦晚晴道：「你知不知道這兒離碎雲淵有多遠？」

沈邊兒是幾經浴血才殺出重圍逃來這兒的。混亂中也不知道自己跑了多少路，繞了多少圈，於是搖頭。

秦晚晴道：「這兒離開碎雲淵大約十六里，你知不知道這兒叫什麼地方？」

沈邊兒也不知道。

秦晚晴道：「這兒叫做五重溪，這一片稻田，其實也是我們的地方。」

「毀諾城」的人也要吃飯進餐，這一大片稻田，便是毀諾城的女弟子耕作的。

所以秦晚晴很熟悉這個地方。

她也曾經帶一班姐妹在此播種過。

沈邊兒知道秦晚晴還有話說。他在等她說下去。

秦晚晴用手搖指道：「那兒有三座茅屋，也就是我們耕作後歇息之地。」

沈邊兒順著她尖細的手指看去，果然有三所茅屋，其中一間已坍倒大半，另一間也破舊不堪，只有中間的那茅屋還算完整。

秦晚晴道：「我們在茅屋的地底，挖了一深長的隧道，原本是拿來貯存米穀的，留有氣孔往外通風，大約有半里許長，不過，這地道只供貯糧用，所以並沒有出口。

沈邊兒眼睛發了亮：「至少，必要時，可以在那兒先躲一躲。」

秦晚晴道：「不過，要是敵人找不到我們，一定會到處搜尋，那地道入口並不算太隱蔽，很容易便會被發現。」

沈邊兒道：「妳的意思……？」

秦晚晴很認真的凝望沈邊兒，說：「我往下說的話，也許你聽了會很不喜歡我。」

沈邊兒道：「妳說。」

秦晚晴忽然婉約的笑了一下，道：「還是不說了，我太自私了。」

沈邊兒伸手過去握住她的手，道：「我的手既粗魯又染滿了鮮血，妳不嫌棄我？」

秦晚晴道：「我的手也染沾了鮮血，你也可以嫌棄我啊。」陽光照在她的臉上，十分美麗，風韻曼妙得連風景的稻田都嫵媚起來。

沈邊兒笑道：「我現在不是握住妳的手嗎？」

秦晚晴嫵媚一笑：「這麼會說話！你究竟想告訴我什麼，不說出來，我可聽不懂。」

沈邊兒誠懇地道：「妳說妳自私，但我也是人，我也自私，妳的話，擺在心裡，不說出來，教我怎麼明白？」

秦晚晴笑道：「行了，拐那麼大個圈子，目的是要把我的話逼出來。」

沈邊兒執著她的手，深深地望著她。

秦晚晴低聲道，「我怕我說出來後，你會不喜歡我的。」

沈邊兒只是用力握了握她的手，不說別的。秦晚晴幽幽地嘆了一口氣，道：「我在想，我們既然已逃出生天了，爲何還要跑出去送命呢？」

沈邊兒皺了皺眉頭。

秦晚晴馬上道：「我就知道你會不高興。可是，我們挺出去，是不是顧惜朝他們的對手？與其大家抱住一齊送命，不如——」忽然停聲，冷冷的說了一句：「你罵吧。」

沈邊兒的眼神冷了。

本來熱誠的雙目，現在如同冰封。

所以秦晚晴也不擬再說下去。

武林子弟的江湖義氣，本就不容許婦道人家干涉——只是女人有女人的「義氣」，說出剛才的話，秦晚晴對自己也無法忍受。

詎料沈邊兒冷冷地道：「妳剛才所說的，正是我心裡所想的。」

秦晚晴吃了一驚。

沈邊兒緩緩地道：「以前我從沒有這種想法，我願爲雷門而活，肯爲捲哥而死——可是，我現在已不只是我，我有了妳……」

秦晚晴望定了他。

沈邊兒痛苦地把臉埋在雙手間：「我該怎麼辦？」他大力搓揉自己的頭髮，道：「我該怎麼辦？」

秦晚晴把他的頭挽過來，伏在自己的胸前，道：「只要我們不出來，顧惜朝他們不知道我們在這裡，我們是安全的。」

沈邊兒道：「如果我們不出來，捲哥和二娘就會在這裡——」

秦晚晴哀呼了一聲：「爲什麼上天要安排我們逃到這兒？」

沈邊兒忽然緊握秦晚晴的手，道：「既然上天把我們安排在這裡，我們就要面對現實，不能辜負上天的安排。」

他要秦晚晴看著他：「你知道捲哥和我的關係？」

秦晚晴忍著淚，點了點頭。「沒有他，就不會有沈邊兒，沈邊兒就餓死在街頭，或成爲一頭無用的狗，可是我是沈邊兒，現在的沈邊兒，全是捲哥一手栽培我起來的。」

他吻著秦晚晴的手：「妳明白嗎？」他用盡氣力道：「我不能背棄他。」

秦晚晴撫著他的髮：「你知道我和大娘、二娘的關係？」

「大娘年紀最輕，二娘年紀最大；」秦晚晴道：「她由小把我照顧到大，在童年時，別家男孩子打我，她就跟他們打，結果被打得頭破血流的是她。有段時候，我們還不會武功，被賣入青樓，鴇母打我，她就護著，結果，她捱了打，臉青鼻腫，那一晚，有個老頭子吃醉了酒，想要我，她也替了我，我一生的苦，都由她來代受，我爲什麼不能代她受一次？」

她撫著沈邊兒的鬢髮：「我只是捨不得你。」

沈邊兒道：「三娘。」

秦晚晴道：「嗯？」

沈邊兒道：「我們不能躲躲藏藏一輩子，見不得光，作出下半輩子都會後悔的事。」

秦晚晴道：「嗯。」

沈邊兒毅然道：「所以，這件事，我們一定要挺身而出。」

沈邊兒忽然感覺到手背潮濕。

秦晚晴在落淚。

「可是……」秦晚晴道：「我感到好害怕……」

「爲什麼？」沈邊兒眼中又充滿了狂熱：「我們四人一起聯手，說不定，可以把敵人都殺掉。」

「你知道我爲什麼不許你喜歡我嗎?」

「……」

「我以前喜歡過的男人，而他又喜歡我的話，那麼，很快的，他們都會因意外喪生;」秦晚晴顫抖著道：「相師也是這麼說，他說我剋夫，所以喜歡我的男人，都活不長，所以我寧願躲到碎雲淵來。」

「不然，我會一直剋我所愛的人，直至我遇上一個煞氣比我還大的人，也同時剋制回我，那麼，我們便會一起死去;」秦晚晴泣道：「我真的好害怕。所以我才推拒你。我真的好害怕。」

沈邊兒擁住她，嘴裡也覺乾澀一片，只重覆地道：「不要怕。不要怕……」

秦晚晴的身子仍在抖著：「我怎能不怕，我怎能不怕?」

「這些只是迷信;」沈邊兒安慰她，「上天既然使我們逃了出來，就不會讓我們隨隨便便死去的。知道嗎?」

「可是，相師的話，在我過去，都應驗了……」秦晚晴道：「現在，我們面臨到的，便是——」

沈邊兒忽然哈哈笑道：「如果真的靈驗，遲早都要發生的，又何懼之有?何必要躲?人生自古誰無死，能在死前得一紅粉知己，此生足矣。」沈邊兒豪情萬丈的道：「橫豎是一死，何不從容就義？救了捲哥二娘，他們日後自會替我們報仇！」

「說不定，」沈邊兒道：「我們不死，死的是那一干狗賊呢！」

秦晚晴也被沈邊兒的豪氣激起了鬥志，喃喃地道：「說不定，捲哥、二娘、你、我，確能跟那干逼人太甚的兔崽子決一死戰呢！」

「便是！」

秦晚晴道：「好，那麼，我們先把這些屍首埋掉，別讓顧惜朝他們發現有人來過。」

沈邊兒疾道：「好！」忽瞥見暈死過去的孟有威：「這人……」

秦晚晴低聲道：「為了滅口，只好殺了！」

沈邊兒阻止道：「無論怎麼說，咱們不能不守信。」他沉吟了一下，道：「制他重穴，保教他三天內不醒不過來，把他埋在田中土裡，只剩下鼻孔，用稻草覆掩……三天後就算他出得起來，大局已定，想來不致有害。」

秦晚晴笑道：「只是，這樣卻是費事多了……」

沈邊兒道：「我們埋掉這些人，再退回茅屋裡，接應捲哥和二娘。」

秦晚晴滿懷希望地道：「但願他倆傷得不重……」

沈邊兒和秦晚晴很快便明瞭他們有多大失望，當他們第一眼看見雷捲和唐晚詞的時候。

廿八　石室中的男女

唐晚詞扶雷捲入內室，替他掀開長衫，治療傷口。雷捲身上的傷，一在胸，一在腰，胸上是刀傷，刀傷及肺；腰間是斧傷，肉綻皮掀。

這兩處都傷得很不輕，兩度傷口都是顧惜朝下的毒手。

要是換了別人，早就已經倒了下去，唐晚詞很驚訝雷捲能一直支撐著。看不出這個身體單薄，神色蒼白的人，卻有這麼堅忍的耐力。

這個人看去像個威嚴的領袖，連沈邊兒、戚少商彷彿對他都十分尊敬，但在唐晚詞的眼中看來，卻像個受人遺棄的倔強孩子，正需要人照顧。

——真的有些像初見……

她想到這點，心裡便生起了疼惜之情，越發覺得這瘦削蒼白的人，緊抿的唇，亮黑的眉，就像當年與她恩情並重的納蘭初見。

故此唐晚詞願意爲雷捲親自醫治。

雷捲的傷，她一直冷眼旁觀留意著。她的醫術，在毀諾城中可以算是最好的，因爲她的醫術，不是在碎雲淵中學得的，而是少女的時候，在青樓中跟納蘭初見學的。

納蘭初見的醫學跟他的詩詞一樣著名，譽滿京師，當時人們常把他的醫術與詩才並論，人稱「神針才子」，「神針」便是一匣子的金針，他金針度穴，沾脈斷症的能耐，只怕連皇上身邊的御醫也得向他請教。

納蘭初見卻不願做官，皇上要封他個大官，專替官裡權貴看病，他就躲到深山裡，只替野外鄉民治病。

皇帝以爲納蘭初見嫌官位小，不重用他的詩才，接納了宰相傅宗書的意見，封了他個主持科舉的官位，傅宗書便派心腹文張去把他從深山裡請出來。

文張軟硬兼施，把納蘭初見「請」了出來，納蘭初見虛與委蛇，到了京城，便躲到妓院裡，不肯出來，天天詐醉佯狂，寫詩給青樓女子，鬧得聲名狼藉，不成體統，皇帝一怒之下，便打消了重用的念頭。

宰相傅宗書覺得納蘭初見此舉無疑是敬酒不吃，沒給他面子，然後又發現納蘭初見在妓院裡寫了多首譏刺他的詩，於是記恨在心。

文張這次有負傅宗書之託，更感臉上無光，心裡亦欲除納蘭初見而後快。

納蘭初見也無所謂，千金散盡，十分潦倒，常替路邊窮人治病，卻不屑跟有錢人家看病，人或問之，他便說：「富貴人家已享福夠了，給病折磨一下又何妨？就算病死了也不枉。」

他常翻起醉眼道：「窮苦人家就不一樣，他們熬了一世窮，病不起的，我不醫他們醫誰去？」

又有人問他現在這般窮困，想起當日有官不做會不會後悔？「後悔？」他叫起來道：「我是聰明！要是在官裡，像我這種人，還能活到現在？我是作了個明智的選擇！」

直到納蘭初見在青樓遇見唐晚詞。

唐晚詞的名字便是納蘭初見第一次見到她之後便脫口而取的，他認爲這女子就像一捲晚唐的詞卷，一般醉人。

唐晚詞那時正在跟息大娘學武。

納蘭初見見著她以後，再不去別家妓院，再不找別的女子，也再不寫詩給別的女人，只是見她，只爲她寫詩，只陪著她。

納蘭初見的才華，以及他的個性、脾氣，唐晚詞都極爲欣賞，納蘭初見固執倔強的程度，有時候比一塊岩石還強硬，但有些時候卻脆弱得像一個無依的孩子，摟住她的腰，把臉埋在她胸脯間低訴。

因爲愛屋及烏的原故，納蘭初見也替南四娘和秦三娘取名字，「南晚楚」和「秦晚晴」的名字便是這樣得來的。

南晚楚和秦晚晴都很爲唐晚詞感到高興。

納蘭初見跟唐晚詞雙宿雙棲，只羨鴛鴦不羨仙。唐晚詞喜歡納蘭初見替她畫眉時候的多情，見到窮苦人家病困時候失聲痛泣的多愁，和撫琴作詩精通易數醫學的多才；而納蘭初見也把唐晚詞當作是妻子，同時也是可以依傍的母親，以及悉心照料的女兒。

可惜這一段快活似神仙的戀情太過短暫。文張把一首納蘭初見親筆寫的詩呈上給傅宗書並告他一狀，說他詩內有辱皇上，加上傅宗書在旁煽風撥火，皇帝可真是龍顏大怒，要治納蘭初見的罪。

納蘭初見被抓入牢裡，三天之內，身上沒有一塊肌肉是完整的，喉嚨被爐火醃啞，雙腳十趾被一根根的切去，一隻眼睛被炙棒刺瞎，只剩下一雙手還算完好。

納蘭初見當然明白他們的意思。

——要留下他一雙手，來畫押招供。

納蘭初見的倔強傲氣是誓不低頭，他知道自己已難倖免，便以頭撞牆——撞得頭破血流，可是偏又給文張叫人救活過來，硬向他逼供。

納蘭初見死不肯認罪，文張卻不讓他死，慢慢折磨他。

納蘭初見知道這些人的意圖，趁他們一個不妨，把雙手伸入炙炭中，將十指灼焦，如此便無法畫押。

文張見心願不能遂，更是懊惱，又怕唐晚詞等劫獄——事實上息大娘，唐晚詞和秦晚晴已劫獄三次，不過面對銅牆鐵壁的大牢，都無功而退——便下令用極刑處死納蘭初見。

所謂「極刑」是剮人三百二十七刀，還要留人一口氣不死來受苦。不過當剮到第八十三刀，納蘭初見已咬舌自盡。

只是招認罪狀還是簽了押，那是文張請來一位專仿人筆跡的文人，擬摹納蘭初見的字畫的押——那位「文人」從來沒想到這臨摹名家的字體，有一日居然還教他發了一筆小財；只要有錢，這些人沒有什麼不肯幹的。

納蘭初見招了供，天下皆聞，傅宗書等決不讓納蘭初見的冤情爲人所悉，成爲烈士。

根據這張罪狀，凡是納蘭初見的親友，莫不治罪。唐晚詞也在搜捕之列，但她逃了出來，憑她的武功，一般捕快也抓不著她。

這件事，除了息紅淚、唐晚詞、秦晚晴在盡力謀救之外，還有一人也設法拯救納蘭初見，便是諸葛先生。

諸葛先生不識得納蘭初見，他純粹是重材憐才，可惜納蘭初見的罪是「譏刺皇帝」，非同小可，諸葛先生好不容易才把詩意解釋清楚，平息了皇帝的憤怒，然而納蘭初見已經「認了罪」，並被「處決」了。

諸葛先生唯有跌足長嘆。

諸葛先生企圖營救納蘭初見的事，唐晚詞也有所聞。

事實上，當時很多有名的文人，都曾上書希望赦免納蘭初見之罪——納蘭初見爲人雖然狂放不羈一些，但確有才華，而且醫術高明，再加上當時一些有風骨的文人都不願見這一類平白無辜的「文字獄」。

諸葛先生曾聯合這一干文人反映這些意見給天子，可惜還是於事無補！

唐晚詞自然傷心欲絕。

她爲他寫了一首又一首的歌，把他送給她的詞，譜成曲子，一首又一首的唱。每唱一次，就掉一次淚，聽的人也無不落淚。

唐晚詞第一眼看到雷捲，就有這種「似曾相識」的感覺。

納蘭初見第一次見到她的時候，也假裝完全沒有看到她，但卻在心裡替自己取了名字。

雷捲彷彿也沒注意她。

可是她卻知道他最留意的是她。

現在雷捲暈了過去，她解開他的衣服：好一個瘦弱的人！

唐晚詞忽然明白了雷捲爲何要穿著厚厚的毛裘了。這使她心裡更生憐惜：納蘭初見便是因爲身體不好，所以不能練武，他精通醫道，便是因爲自己體質薄弱而對醫理萌生救助世人之志的。

唐晚詞替雷捲敷藥，再爲他推宮過血，金針刺穴。

然後雷捲突然醒了過來。

他醒過來的時候發現自己的衣服被掀開，露出瘦骨嶙嶙的軀體。

更令人震怒的是，旁邊是一位陌生人——一個他不知怎的已經注重起來的女子，而不是沈邊兒！

這使得他白了臉，跳了起來。

他一面掩住衣衫，一面嘶聲道：「妳——」隨即他已察覺對方是在爲他治傷。

唐晚詞嗤地一笑，道：「怎麼像個大姑娘一般。」

雷捲是個威嚴的人，他一生人都掌有生殺之權，機智而且堅強，他內心的柔弱決不予他人知道，良久跟隨他的沈邊兒固然得悉一些，但也不敢道破，只守在他身旁克盡所能暗裡相助；他決未想到居然有人說他「像大姑娘般」！

「嘿！」他怒笑道：「妳說什麼!?」

唐晚詞聳聳肩，攤攤手，道：「大姑娘啊。」

雷捲怒極氣極：「什麼大姑娘!?」

唐晚詞的聲音低沉而有魅力，似笑非笑的道：「還不承認？你看，連臉都紅了，像個紅臉大小姐，有時候，又像白臉小姑娘。」

雷捲氣得一時說不出話來。

「躺下。」唐晚詞吩咐道。

雷捲不敢置信：「妳叫我？」

唐晚詞笑道：「乖，躺下，否則，我不替你治傷了。」

雷捲簡直忍無可忍：「妳在跟小孩子說話？」

唐晚詞有趣的看著他：「哦？你是小孩子麼？」

雷捲強忍怒氣，道：「謝謝妳剛才替我療傷，我這傷還死不了，他們還在外面罷？我要出去了。」

唐晚詞道：「你這樣出去，不一會又要暈倒。」

雷捲大聲道：「我向妳保證：我決不再昏倒。」

唐晚詞悠哉遊哉地道：「我不相信你的保證。」

雷捲爲之氣結：「妳！」長吁了一口氣，道：「其實我根本不需要向妳保證。」

雷捲正要行出去，唐晚詞忽又加一句：「因爲你不敢向我保證。」

雷捲憋不住，回過身來：「我爲什麼不敢向妳保證，我剛才不是已經保證過了嗎？」

唐晚詞淡淡地道：「你這是跟自己賭氣。」

雷捲忍不住問：「我爲什麼要賭氣？」

唐晚詞道：「因爲你怕我。」

雷捲氣歪了鼻子：「我怕妳？嘿！」又重重地再「嘿」了一聲。

唐晚詞略帶倦意地笑道：「你怕我。」

雷捲也不知道自己爲什麼，心中的怒火都化作繞指柔，發作不出來，不想與她爭辯，便道：「好，不管誰怕誰，我出去好了」

唐晚詞笑道：「你不怕我，爲何要走？」

雷捲反問：「我爲何要留在這裡？」

唐晚詞道：「我給你治傷啊。」

雷捲覺得這樣辯下去，沒完沒了，便道：「我傷不重，謝謝，我走了。」

唐晚詞道：「你不能走。」說也奇怪，雷捲心裡卻很喜歡唐晚詞那低沉的但很有女人味道的嗓音。

雷捲止步，道：「我爲什麼不能走？」

唐晚詞道：「你不敢走。」

雷捲「哈」地笑了一聲：「我，不敢走？」

「如果你這樣一走，衣衫不整，我就喊非禮，你說，外頭的人會怎樣想你？」唐晚詞用一雙妙目斜睨著他道。

雷捲的臉又紅了，忙整好身上的衣服，只說了一句：「我……非禮妳……妳……」

唐晚詞微微一笑，嘴肥又有倦慵之意：「我逗著你玩罷了，你走吧，我不留你。」

雷捲忍不住問一句：「妳怎麼會認爲我怕妳？」

唐晚詞倦懶地道：「我直說，你不介意？」

雷捲認真地道：「妳說。」

唐晚詞道：「其實，在你心中，你很注意我的，不過，你一向自大慣了，很要面子，不管心裡想什麼，外表都裝得大公無私，像個正人君子，舉手投足，都彷彿要給後世人留個榜樣，圖個好不實際的萬世功名。」她悠悠的問：「這樣做人，不是很痛苦嗎？要是給我，我寧願不做人。天天自己欺騙自己，戴上不同的面具，這又何苦？這又何必？」

雷捲沉默。

他踱出去。

到了門檻，伸手要推門，忽停住，說了一句：「也許妳說得對。」停了一停，又補充了一句：「不過，我真的很喜歡妳的。」

唐晚詞笑了，笑得很嫵媚。

雷捲也笑了，充滿了善意。

「可是我必須要出去，外面大敵當前，很多事要等著我去辦。」

唐晚詞瞇了瞇眼，瞧著他，道：「改你那句話一個字。」

雷捲眉毛一挑，道：「請。」

唐晚詞道：「你那句是真話，但開頭『可是』應作『可惜』，我覺得才是你心裡的話。」

雷捲深深的望著她，道：「妳改得很對。」兩人都笑了，雷捲正要跨出去，石門忽然裂了，地搖室動，爆炸就在這一刹間發生。

廿九　美人一笑就出刀

爆炸陡起，唐晚詞也著實吃了一大驚。

就在這時，石床下忽軋地一聲，石板移動，露出一角幽黯的石級。

爆炸震動了甬道開啓的機括，這使得唐晚詞省起那兒有一條地下秘道。

她立即竄過去，扯住雷捲，一齊滾下甬道。

但甬道的另一邊又傳來爆炸聲。

隨後，整個石室都塌了下來。

唐晚詞和雷捲就被困在石室的梯級間，上面的石塊，不住的坍落下來，甬道的另一端，也傳來天崩地裂的倒塌聲，然後就是完全的寂靜。

他們才慢慢感受到四周的壓力和死寂，以及身上碰傷之處的痛楚。

雷捲身上壓了幾塊石頭，唐晚詞身上也壓了根柱子，雷捲用力推開身上較小的一兩塊石頭，過去替唐晚詞移開一根石柱，兩人的手緊緊握在一起：大難不死，劫後重逢，幾絲陽光透過石縫照射進來，兩人都有一種相依為命的感覺，無由地感動起來。

不管外面翻天覆地，風雲色變，但這一場劫，只有他們兩人在一起渡過。

雷捲掙扎把唐晚詞身上重壓移開，但也力盡，兩人的手情不自禁的握在一起，便暈迷了過去。

過了很久，他們便被挖掘聲吵醒。

雷捲彷彿醒時，看見唐晚詞正在溫柔而愛憐的注視他，他沒有迴避，小聲道：「謝謝妳救了我。」如果不是唐晚詞去拉他入甬道，那炸力一定把他炸成碎片。

唐晚詞搖頭，低聲道：「不是我救你，是毀諾城的機關救了我們。大娘在城裡設下了很多機器，可惜卻教那班賊子這一炸，唉，不知她們怎樣了？」

雷捲道：「好像有人發現我們了。」

唐晚詞道：「卻不知是敵是友。」

雷捲道：「如果是敵，那麼，毀諾城就已經失守了。」

唐晚詞臉有憂色的道：「如果是姐妹們，則表示已打退來敵……」

雷捲冷靜地道：「可是現在掘地的人，似乎都是男聲。」他在這時候顯出他面對大事變亂而毫不惶惑的冷靜果斷。

唐晚詞擔憂地道：「那麼，姐妹們……大娘和三娘……」

雷捲心裡一痛：他想到死去的三名雷家子弟，還有現在生死未卜的沈邊兒，但語音十分鎮定：「妳先別急。我們不要說話，以免給他們認出來是敵人，我們先運氣調息，待身上重壓一旦減輕，咱們猝起出襲，看是否能闖出重圍。」

唐晚詞憂傷地道：「如果大娘和三娘都……我偷生苟活，又有什麼意思？」

雷捲緊緊握著她的手，只說了一句話：「妳不想替她們報仇麼？」

唐晚詞咬著下唇，眼眶漾起淚光。

雷捲柔聲道：「衝出去？」

唐晚詞望著他，點了點頭。

於是他們等待。

如果毀諾城已毀，息大娘等己死，他們更要衝出去，有一日，必定要為她們報此血海深仇。

要是息大娘等未死，他們便要衝出去，與她們會合在一起，與她們會合在一起，共抗強仇。

人是為希望而活下去的。

他們的手緊緊握在一起，已有了希望。

至少，要爲對方而活下去。

活下去就得衝出去。

等到身上的重壓比較減輕，雷捲和唐晚詞就蓄力以待。

他們知道只要一露面，給黃金鱗等人察覺，便決不會讓他們脫身出來的。

所以雷捲和唐晚詞縮身藏於巨石間，不時作出怪聲，吸引上面的人之好奇，往這方向發掘，當壓力減輕之時，兩人便倏地竄出！

雷捲和唐晚詞驟然出現，形同瘋虎出柙，一上來，就連傷八人，正要闖出去，唐晚詞忽見地上刻字，怔了一怔，身法也同時頓了一頓。

雷捲就在她一怔一頓之間，又傷六人，疾問她：「什麼事——？」

「原來——」唐晚詞眼裡閃著光，杏腮閃現一絲喜意，即道：「咱們突圍再說！」兩人連環出手，又傷四人。

可是顧惜朝和黃金鱗已趕了過來。

這兩人武功極高，顧惜朝對雷捲，黃金鱗對唐晚詞，交手數招，四人都並未爲對方所傷，但雷捲背後，卻吃了鮮于仇一杖，唐晚詞腿下也捱了孟有威一槍。
這時包圍的人已愈來愈多。
雷捲和唐晚詞渾身披血。
雷捲久戰無功，眼見突圍無望，忽然停手，對唐晚詞大聲道：「這不是我作戰不力，而是天亡我。」
顧惜朝冷笑道：「這句話項羽也曾說過，可是不久之後他就割下了自己的頭。」
雷捲不去理他，逕自大聲道：「我告訴妳，我要殺掉那個連雲寨叛徒，再提他的頭回來見妳，可證實我說的是真話。」說著向一名小頭目一指。
唐晚詞不知雷捲在這危急關頭，何作此舉，一時茫然失措。
顧惜朝和黃金鱗都是聰明到不得了的人，知道雷捲決非易惹之輩，這瀕死反撲，非同小可，且必有深意，對窺一眼，心中都忖：反正這兩人已肉在砧上，決逃不出去，還是避其鋒銳的好。
兩人同此心，心同此理，不禁都退開了一些。
那名連雲寨的叛徒，本就是微不足道的小腳色，無端給雷捲這一指，嚇得臉無人色，想求同僚保護，但雷捲之威，在場人人都見識過，誰也不想先給他踢到森羅殿去報到，大都紛紛讓開。
雷捲長嘯一聲，一路殺了過去，那連雲寨叛徒只想逃走，但給雷捲追上，劈手奪來一把大刀，一刀便砍下了他的頭，沿途還殺了三人，雷捲把頭提到唐晚詞眼前，道：「殺了。」

唐晚詞不明所以，只覺雷捲何必爲這樣一個小頭目耗費了如許精力。

雷捲又高聲道：「的確不是我戰敗！我再殺一人，給妳瞧瞧！」伸手一指，這次是遙指一名士兵，那兵士登時只嚇得七魂飛了三魄，一味搖手叫道：「別別別……救命，救命啊！」

雷捲趁他高叫之時向唐晚詞低聲而迅疾地道：「我第三次掠身殺人時妳就全力突圍我斷後不要管我！」

唐晚詞一楞。

她迅即明白了雷捲的用意。

雷捲不惜耗費體力，殺一些無關輕重的小人物，以吸住全場的注意力，好讓自己獨個兒逃生——雖不一定能逃出去，但仍爲自己增添了生機。

顧惜朝和黃金鱗是何等機警，雷捲趁亂中跟唐晚詞低聲說了幾個字，他們雖聽不見，但也注意到了，越發認定雷捲是有計劃了，心中更加警惕，只要雷捲不是企圖外闖，他們也要謀定後動，免得著了雷捲的計。

這一來，正是雷捲所要的。

他要的是吸住全場的注意力，以及震懾住敵人的膽氣——好讓唐晚詞有突圍的機會！

他當機立斷：眼前情勢，兩人一起突圍是絕不可能了。

所以便是：唐晚詞走！

他則吸住敵手。

他已決定這樣做。

他飛身撲去，這次引起一些反擊，肩上捱了一劍，但也順利地砍下了那名兵士的頭顱。

他回到唐晚詞身旁，故意大聲地道：「我要三盪五決，然後雖死無憾。我現在要殺的是——」包圍的敵人都怕他指中自己，紛紛譁然散開，雷捲背貼著唐晚詞低聲疾道：「我一掠殺過去，妳就向相反方向走！」

忽聞唐晚詞低沉的語言也在疾道：「你的手一指後立即伏地，有暗器！」

這次到雷捲一怔。

但他是什麼人，雖未弄清楚是什麼事，但神色不變，眼睛四周一逡，眾人紛紛閃躲，顧惜朝和黃金鱗見兩人低聲交談，知定必有詭計，暗自提防。

雷捲沉聲疾道：「我要指了。」

唐晚詞頓足道：「還等什麼！」

雷捲隨便一指，大喝道：「你！」立即伏下。

唐晚詞也同時伏低，手掌一按地上一處小小凹陷的地方，再用力一扭。

突然間，大廳上，在一些未倒塌的殘垣斷柱中，機括聲動，箭如雨下，一時間，很多人猝不及防，被暗器打中，死傷倒下了十多人。

這原本是毀諾城重地，自然裝有機關埋伏，但大都被劉獨峰手下炸毀，息大娘在抗敵時不敢啓用這機括，是怕在混戰中誤傷己方的人，不過，這些機關大都被炸壞失效，所以發射出來暗器的威力，還不及原來的三成。

不過這一下突如奇來，包圍者受傷的不少，一時陣腳大亂，顧惜朝與黃金鱗早有防備，暗器自是射他們不著，但顧忌周遭還有厲害埋伏，急忙跳開一旁，嚴陣以待。

唐晚詞這時就扯了雷捲翻滾出去！

雷捲和唐晚詞這時是盡了全力，所向披靡，闖了出去！

雷捲的背部，因維護唐晚詞，又吃了鮮于仇的一杖，不過趁這一陣亂，兩人已闖出了重圍。

顧惜朝下令道：「追！」他的鼻骨便是被雷捲打扁，恨之入骨，非要手刃之才能甘心。

雷捲便偕同唐晚詞亡命奔逃，他們開始是往西南方向走，後被高風亮領連雲寨叛徒的截擊，退走東南，但仍被冷呼兒的大軍兜截，故再折回正北面。

這一路上跟鮮于仇所率領的兵馬硬拚三次，雷捲與唐晚詞又傷了數處，不過傷得都不算嚴重。

他們左衝右突，都逃不出去，但卻感覺到包圍網正在縮小，收緊，只要四面羅網一合，他們就如同困獸，插翅難飛。

他們心中也彷徨無計，就在這時，山道上，來了一頂轎子，兩個抬轎的漢子，碩壯有神，步履輕快，武功似是不低，旁邊跟了兩個衙役打扮的人，看他們身上的官服，便知道其身分在六扇門中，必定甚高。

雷捲與唐晚詞正躲在道旁的樹叢裡。

雷捲一見到那頂轎子，瞳孔就開始收縮，道：「轎裡的人不管他是敵是友，肯定都是高手。」

唐晚詞低聲道：「會不會是劉獨峰？」這兩日來她隨著雷捲逃亡，兩人心無隔礙，生死相依，親切了許多。

雷捲一直注視著轎子，道：「恐怕是……」這時轎子經過兩人身前不遠，轎中的人忽然伸出了扇子。

白色的摺扇。

轎夫陡然而止。

轎子行勢甚速，但說停就停，全不震動傾側。

那兩名捕快也倏然止步。

摺扇仍伸在轎帘外，沒有縮回去，只聽轎中人緩緩地道：「外面是不是大熱的天？」這人這麼一問，彷彿他人在轎中，清涼無比，對外面的氣候全然不知似的。

左邊的捕快畢恭畢敬的答：「是。」

轎中人悠然道：「那麼你們在外面疾步，一定很辛苦了？」

右邊的捕快恭敬地答：「不辛苦。」

轎中的人溫和地道：「我在轎裡坐，你們則在路上走，心中會不會覺得怨我？」

左邊的捕快滿臉橫肉，但神態十分恭謹，道：「屬下怎敢怨先生？想先生在三十年前大沙漠追拿劇盜霍獨夫，七天不眠不休，滴水未進，獨闖沙漠部落一十三次，終於將之捕獲——那時我們還穿著開襠褲哩！」

右邊那眉清目秀的捕快也笑了起來，道：「說真的，先生在南極冰天雪地苦寒之處，緝拿叛將馬搜神，深入冰山寒窖，在當地戰士三千一百七十八人拚死相抗中，獨擒馬搜神，不殺傷任何一人，那時候，我們還躲在襁褓中不會叫娘哩。」

轎中人笑道：「日後，你們自然也會名動八表，青山於藍，我，老了。」

雷捲聽得全身一震，臉露喜容。

唐晚詞悄聲道：「怎麼？」

雷捲道：「是他？」

唐晚詞側了側首，道：「誰？」忽然幾乎忍不住叫出聲來：「是他！」

只聽那轎中人又道：「外頭既然這般的燠熱，要是躲在草叢裡、砂石上，豈不是更熱悶難受？」

臉肉橫生的捕快接著道：「簡直熱死了。」

轎中人和氣地道：「追命，你說話未免誇張一些了。」

眉清目秀的捕快道：「奇怪，既然這般熱，爲何不出來涼快涼快，卻還要躲在草堆裡受罪？」

轎中人顯然不甚同意，道：「冷血，這可不一定，別人這樣做，總有他的道理和隱衷的。」

雷捲忽向後面的草堆搖搖手，然後霍地躍了出來，長揖道：「在下雷捲，拜請諸葛先生。」他此刻受傷多處，但語音洪亮，神定氣足。

只聽轎中人微訝地道：「閣下是霹靂堂的雷大俠麼？怎麼會在此地——」

唐晚詞這時也跳了出來，指著轎子好奇地道：「你是諸葛先生？」

轎中人即道：「聽說近日毀諾城爲人所困，妳是息、唐、秦三女俠之中的那一位？」

唐晚詞道：「我是唐晚詞。」痛泣失聲道：「毀諾城已教人給滅了。」

轎中人吃了一驚，道：「什麼!?唉！」只聽他接道：「我千里跋涉，便是要解毀諾城之危的。」

唐晚詞戚然道：「可惜先生來遲了。」

轎中人關懷地道：「息大娘和秦三娘呢？她們可有逃生？」

唐晚詞道：「她們……想必是已經逃了出去。」

「總算是不幸中之大幸。」轎中人問，「可知道她們逃到那兒去？」

唐晚詞搖頭。

轎中人道：「唉，要是知道妳們會合的地方就好了。」

唐晚詞的眼睛亮了，滿懷希望的道：「請先生替我們主持公道。」

轎中人緩緩地道：「那妳是知道息大娘和秦三娘會合之處了？」

唐晚詞點頭。

轎中人道：「好，妳帶我們去，我會替你們申冤的。」

雷捲拱手道：「先生之名，如雷貫耳，可否現身一見。」

轎中人笑道：「這個容易。」說著掀開了轎帘，只見一個清癯溫和，雙目神采如炬，但道骨仙風的人，端然坐在轎內。

唐晚詞福衽一拜，道：「納蘭初見的冤獄，全仗先生持正，小女子萬分感激。」

諸葛先生發出一聲喟嘆，道：「說什麼感謝，老天只是義所當爲，可惜還是於事無補。」

唐晚詞忽道：「先生照顧周詳，曾遣人送來白銀一百兩，使小女子得一時之安身，尙未謝過先生。」

諸葛先生遲疑了一下，道：「那是應該的，急人之難，本就是我輩該行的事。」

唐晚詞又道：「若不是先生遣鐵大人送來青驄寶馬，那一次官府搜捕，我只有束手就擒的份兒。」

諸葛先生只答：「不必客氣。」

雷捲道：「我們何不一邊趕路，一邊談話如何？」

諸葛先生道：「正好，你的傷……？」

雷捲被他一提，身上的傷似又作痛起來，強作若無其事地道：「不礙事的。」

諸葛先生端詳了一下，「唔」了一聲：「看來不輕哩。你過來，我替你瞧瞧。」

雷捲走前去，道：「偏勞先生了。」邊向兩名捕快抱拳道：「請教兩位可是名動天下的四大名捕之二？」

眉清目秀的捕快還禮，道：「我是冷血。」

臉生橫肉的捕快指了指自己，答：「我是追命。」

雷捲道：「聞名已久，如雷貫耳。」這時他已走近諸葛先生的轎前。

諸葛先生笑道：「卻不知你們是約好在那裡會合？」邊要趨近察看雷捲身上的傷。

唐晚詞也隨雷捲趨近，這時忽然問了一句：「你也要去？」

諸葛先生怔了一怔，答：「當然。這件事，我管定了，決不讓黃金鱗這干狗官胡作非爲！」

唐晚詞笑了，笑得甚是嫵媚。這女人的一笑，彷彿讓人光是看了舌尖也傳來甜味，只聽她笑道：「那麼就只讓你這狗官一人得逞？」

話一說完，她就出手！

她一刀就擲向諸葛先生的心口去！

冷血和追命本來正迷醉於這個女人那風塵中的一笑，覺得無限艷冶的風塵味，濃得化不開，驀然間，笑意盡去，刀光冷。

刀鋒已釘向諸葛先生的胸膛！

這一刀要是刺向他們兩人，他們就肯定在這美人一笑間心臟被穿了孔。

卅　小四大名捕

刀光遽射，刀芒映寒了諸葛先生的臉！

他陡地向後彈出，左掌同時拍出！

轎後「砰」地碎裂，諸葛先生倒飛而出！

刀尖上有一點血跡，正在滴落。

諸葛先生飛落丈外，站定，右手捂胸，臉上驚訝之色多於痛苦。

另一個人向諸葛先生相反的方面飛出！

那是雷捲！

他被諸葛先生拍中一掌，震飛丈外。

不過諸葛先生因吃唐晚詞一刀在先，那一掌只有三成功力擊中雷捲。

唐晚詞沒有追擊諸葛先生。

她倒掠而出，護著雷捲。

雷捲傷得更重了。

可是他第一句便是：「妳爲什麼要傷諸葛先生!?」

唐晚詞的刀尖幌著厲芒，她反問：「諸葛先生爲什麼暗算你？」

那名轎夫已經自轎桿拔出兵器，掠過去護著諸葛先生。

雷捲卻無法回答唐晚詞的反詰。

唐晚詞道：「因爲他不是諸葛先生。」

冷血和追命向他們前後包抄過來，「追命」手待一枝獨腳銅人、「冷血」則抄了一柄鉤鐮刀，蓄勢待發。

唐晚詞美麗的雙目發出英颯的神采，雙手執刀柄，刀尖輕微顫動著，道：「他們自然也不是追命和冷血。」眉清目秀的捕快道：「我當然不是冷血，他也不是追命。」

臉肉橫生的捕頭道：「我是酈速遲，他是舒自繡，武林中，江湖上出了『小四大名捕』，我們就是其中之二。你們總聽說過罷？」

雷捲和唐晚詞當然聽說過。

「小四大名捕」，也是很有名的捕頭，其中「四大名捕」故事之「大陣仗」一文中，捕頭郭傷熊便是其中之一。

郭傷熊外號叫做「一陣風」，這是形容他超卓的輕功，酈速遲和舒自繡也有外號，酈速遲叫做「梳子」，舒自繡就叫做「咽喉斷」。

這兩個外號十分奇特。

這兩人也非常奇特。

「咽喉斷」這個名字比較易解，因爲舒自繡擅使的兵器是鉤鐮刀。

「梳子」是指酈速遲的辦事才幹。

頭髮亂了，用手撥不行，用任何東西去弄都不見得有效，甚至用膠水去粘，也不一定有用——只有用「梳子」，就這樣扒梳幾下，一切就伏伏貼貼了。

酈速遲正是這樣的人物。

這兩人在江湖上的名頭固然不少，否則也不會被人列入「小四大名捕」榜上，但名頭響並不代表這兩人有的是像「四大名捕」一般的清譽。

事實上，這兩人在六扇門中，無疑是丞相傅宗書系的爪牙，不但沒有什麼「清譽」，相反的，還有相當的「惡名」。

因爲傅宗書這一派系人馬也需要兩類人爲他們執行「肅清異己」的任務。

一是以堂堂正正之名，加之以十惡不赦之罪，爲「主持正義」而嚴辦罪犯，實行逮捕——酈速遲正是這類人物。

二是要「犯人」認罪。「犯人」多半不肯認自己未「犯」之「罪」，而舒自繡卻能使任何人招認自己莫須有的罪。

所以酈速遲和舒自繡一向都十分受重用。

這「小四大名捕」把舒自繡和酈速遲列進去，當然不是江湖上人的意思，因爲「四大名捕」持正俠義，但卻是傅宗書黨人故意塑造這兩人的英雄形象——他們肯定不願意新起一代的「四大名捕」，又是諸葛先生派系的人物。

雷捲慘笑道：「你們來抓我？」

舒自繡道：「不只是抓你。」

雷捲道：「我知道了。」

舒自繡仔細地問：「我很想知道一個人臨死之前知道的事，」他怪英俊的笑道：「因爲那些話通常對活著的人都很有用。」

雷捲道：「我還沒有死。在敵人還未死之前，死的人就不一定是敵人。」

舒自繡笑道：「這句話就很有用。」

酈速遲道：「卻不知道你還知道了些什麼？」

雷捲道：「除了抓我之外，你們還要捉拿戚少商。」

舒自繡有些失望地道：「這倒想當然耳，不足爲奇。」

雷捲道：「不過你們最想抓的人，還不是我和戚少商。」

舒自繡笑道：「難道是息大娘？」

雷捲立即搖頭：「鐵游夏。」

舒自繡向酈速遲相顧而笑：「不見得我們如此痛恨鐵手吧。我們還是老同行哩。」

「就是因爲老同行；」雷捲道：「你們誰拿下他，便可以取而代之。」

舒自繡嘖聲讚嘆道：「好聰明，果知我心，就像我腸裡的蛔蟲。」

酈速遲淡淡地道：「實際上，上頭的意思便是：誰把鐵手或死或活的解回京師，誰便是『新鐵手』。」

雷捲道：「可惜。」

舒自繡問：「可惜什麼？」

雷捲道：「憑兩位這般心腸，如此身手，永遠只配做毒手、辣手、就是沒資格當鐵手。」

舒自繡不怒反笑：「好評語。看來，今日，咱們不讓雷老哥你嚐嚐咱們的毒手、辣手，便算是有枉此行！」

雷捲揚眉道：「就憑你們兩位？」

舒自繡變了臉色，酈速遲卻仍然笑道：「就憑我倆的確未必奈何得了二位，但有文大人在，閣下插翅難飛。」

雷捲目光緩緩回掃，正向那轎中的人目光撞在一起，轎中人只覺雷捲目光極厲，雷捲卻覺心中一寒。

◇◇◇

雷捲道：「文張？」

文張道：「雷大俠。」

雷捲道：「久仰大名。」

文張微微笑道：「惡名昭彰。」

雷捲道：「閣下冒充諸葛先生，似模似樣，敢情算準我們就躲在草叢裡，才演出這一齣戲給我們看？」

文張道：「卻不知道唐女俠如何察覺？」

唐晚詞道：「我也沒有見過諸葛先生。」

舒自繡道：「這個我們早已打探清楚了。」

唐晚詞道：「不過，諸葛先生既未送過我們青驄寶馬，也沒贈予一文半分的銀兩。況且，四大名捕向稱諸葛君世叔，而非師父。」

文張笑道：「哦，原來二娘在試探下官。」

雷捲道：「以三位的武功，要殺我們並不難，卻還要出動暗襲，實在叫人好生失望。」心中卻暗自驚慄：文張謙虛寡言，淡定神閒，這才是個最難應付的人物。

文張只微微一笑道：「所以反而是在下著了唐二娘的暗算，可以說是現眼報。」

雷捲道：「文大人實在是太客氣了。」

文張道：「好說好說。」

雷捲道：「那裡那裡，我要走了。」他接著又道：「我要上路了。」

舒自繡道：「你上路，我打發。」

雷捲道：「謝了。」突然吐氣揚聲，霹靂一聲，一拳打向轎子。

轎子四分五裂，碎片迸射向文張。

他仍是斷定數人中最難惹的是文張。

文張雙袖飛捲，把激噴的碎片盡皆掃落。

唐晚詞也出手了，她一刀就往舒自繡砍去，舒自繡刷地還了她一刀，兩人都是搶攻，兩人各搶攻這一招，身上都有一道血口。

酈速遲的獨腳銅人呼地一聲，急砸雷捲！

雷捲掠起，一拳往舒自繡的臉門打去。

舒自繡乍然間背腹受敵，心中驚懼，忙退躍丈外！

這時酈速遲的獨腳銅人已攻到雷捲背門！

唐晚詞刷地出刀，後發先至，逼退酈速遲五步。兩人各替彼此擊退了敵人的攻勢。

雷捲一挽唐晚詞臂膀，兩人急掠而去。

兩人身形剛起，兩股袖風已然攻到。

雷捲與唐晚詞如果要避開，勢所難免會再被酈速遲和舒自繡纏住，若回身應戰，則會與文張纏戰，但兩人卻知道，再打下去，必敗無疑。

所以兩入寧硬捱這一記袖風，藉力飛掠三丈之外，頓也未頓，急掠而去。

酈速遲和舒自繡各自長嘯一聲，急縱而去，拿住雷捲和唐晚詞，是他們必爭之功。

斜坡十分陡險，雷捲和唐晚詞連跌帶滾的急掠而去，酈速遲和舒自繡也急起直追，突然間，草叢間冒出一根長矛，在這電光火石間，刺入酈速遲肚裡，在背脊裡冒出了矛尖。

酈速遲慘叫一聲，萬未料到這突如其來的一擊，收勢不住，幾乎給開了膛，他畢竟也是極有經驗的武林好手，獨腳銅人急劈而下，砸地擊在那人背上！

那人「哇」地一聲，搖搖欲墜。

舒自繡這時已猛然止步，回手一鉤，嵌入那人胸骨裡，那人慘叫一聲，雙目一瞪，舒自繡被他這一瞪，嚇得放下鐮刀，疾退七尺開外，那人巍巍顫顫，戟指走上前來。

忽然雙袖一舒，一罩住那名大漢臉門，一捲住猛漢頸項，這威武的漢子掙動了幾下，終於噎了氣，軟倒在地。

文張收了長袖，看了看地上的酈速遲，已活不成了，嘆了一口氣道：「看來你們還是不能當四大名捕，實在太大意了。」

舒自繡看著那天神般的壯漢，猶有餘悸，道：「這人……」

文張道：「穆鳩平。」

舒自繡吃一驚，道：「連雲寨的四當家？」

文張道：「他也是逃亡的要犯之一，想不到伏在這兒，要了酈速遲的命，促成雷捲、唐二娘得以逃脫。」

舒自繡頓足道：「可恨！這廝殺了酈兄，令我好生悲痛！我一定要爲他報仇！」

文張微微笑道：「報仇是假，立功是真；悲痛在口，高興在心。」他停了一停，接道：「舒老弟，我們是同一陣線的人，所謂真人面前不打誑語，酈捕頭死了，少一個競爭，足下大可當令。」

舒自繡脹紅了臉，想發作，但又不敢，終於道：「文大人明察，我實在……」忽又改了口氣，道：「還望大人日後多多提攜。」

文張道：「提攜則不敢當，眼下還是追捕逃犯要緊。」

舒自繡惋惜地道：「這下佈好天羅地網，卻讓那對狗男女逃了，實在——」

文張笑道：「他們逃不掉的。」

舒自繡道：「大人明示。」

文張道：「黃大人和顧公子已佈下十面埋伏，甕中捉鱉，他們最多只能逃到五重溪，決逃不出去。」

他接著又道：「剛才那兩擊，我本可要了他們兩條性命，但雷捲只宜活捉，所以只好……」

舒自繡道：「活捉？」

文張道：「傅丞相要對付的是整個『江南霹靂堂』，不單只是雷捲一人。你這還不明白嗎？」

舒自繡恍然道：「我明白了。」

文張又道：「不過，雷捲和唐晚詞著了我這一擊，只怕再也無作戰之力了，這兩人，已不足爲患。」

舒自繡喜道：「那麼我們這就到五重溪去。」

文張忽然向他一伸手，道：「你的刀。」

舒自繡一呆，不知文張此舉是什麼用意。心裡有些惶悚，卻不敢不把刀雙手遞交過去。

文張拿著刀，刀光映著寒臉，陰陰的笑著，端詳著刀口彎鋒，舒自繡也不知怎的，心裡有些發毛。

忽然，文張用刀在穆鳩平屍首背部，砍了幾下，然後把刀遞回給舒自繡，道：「行了。」舒自繡驚疑不定，接過了刀，文張又道：「這樣，穆鳩平便完全是你所殺，不必讓死人分功。」

舒自繡大喜過望，忙不迭的道：「多謝大人成全，多謝文大人成全。」心中對這個上司既畏懼又服貼。

文張喃喃自語地道：「我卻不明白一件事……」

舒自繡想問，卻又不敢。

文張自己卻說了出來：「按照道理，雷捲這等自命爲俠義中人，實在沒有什麼理由任由穆鳩平出來犧牲性命，而他不但不回頭相救，甚至連腳步停也不停……」

他笑了笑，道：「這倒是跟我們的作風，較爲近似。」

校於一九九〇年六月

希代出版《婚姻戰》場選入「收拾」一文

卅一　火海中的男女

雷捲與唐晚詞繼續逃亡。

他們的傷比先前更重。

一路上，雷捲沒有再說話。

唐晚詞開始以爲雷捲傷得實在太重了，所以說不出話來，但後來就感覺到，雷捲非常不開心。

他的臉色比他暈厥時更難看。

唐晚詞終於忍不住問：「剛才那閃出來抵擋追兵的人是誰？」她剛才並沒有看清楚。

雷捲沒有答她。

又疾馳了一段路，雷捲忽說了一句：「穆鳩平。」

唐晚詞喫了一驚，道：「是他!?」

隨而惶惑地停步，道：「我們怎能讓他一個人對抗……」

雷捲截道：「現在回去，已沒有用了。」

唐晚詞道：「可是，剛才我們不該撇下他一個人，獨撐大局啊——」

雷捲冷冷地問：「如果當時妳折回去，妳想現在還能活命嗎？」

唐晚詞跺足道：「可是，我們怎能剩下他不顧？」

雷捲道：「顧了又怎樣？只不過大家同在一起死！」

唐晚詞再也忍不住，美目含威，叱道：「你——」

她的話還沒有說出來，伏擊的敵人已經出手。

雷捲與唐晚詞苦戰、突圍、沖殺，圍攻的人有顧惜朝的手下，黃金鱗的部屬，鮮于仇的兵馬，還有文張的包抄，雷捲和唐晚詞且戰且走，終於到了五重溪那一片稻田。

他們抵達這片田野的時候，已經脫了力，身上的傷，已經使他們不能再戰。

這時他們就遇上了沈邊兒與秦晚晴。

唐晚詞是毀諾城的人，她熟悉這個地方，這兒是她們糧食的重地。

她控制著自己尚有一絲清醒的神智，扶著只剩下一口氣的雷捲，撞開了那棟茅屋的門，然後她就仆倒下去。

可是她並沒有倒地。

因爲秦晚晴已扶住了她。

沈邊兒也扶住雷捲。

雷捲只望了沈邊兒一眼。

他只望了一眼，便已暈了過去。

這一路來，他都是用一股超乎肉體極限的意志力，強撐到這兒來的，他的體質本來就比常人羸弱，而今一見沈邊兒，多少艱險辛酸，乍見這劫後餘生的親信，情懷激動之下，竟暈了過去。

沈邊兒攙扶雷捲，虎目含淚。

唐晚詞展開一絲笑意，艱澀地道：「你們——」

秦晚晴點頭，用一種平靜的聲音告訴她：「二娘，妳來到這裡，就安全了，這裡的事，有我，就像妳以前保護我一般，妳安心吧，我不會讓妳再受到損傷的。」

唐晚詞緊緊握住秦晚晴的手，不知說些什麼是好，事實上，她也無力說話。

秦晚晴拍拍她的手背，溫聲道：「二娘，妳好好歇歇吧，不要說話。」

她說這句話時，望著沈邊兒，沈邊兒也正好望著她，彼此的眼裡都有著依戀和瞭然的神色。

雷捲已昏迷，他當然不曉得。

唐晚詞已虛脫，她也不曾注意。

秦晚晴道：「我扶妳先到下面躲一躲。」茅屋下面有個貯藏穀米的地窖，通風良好，但並無出路。

沈邊兒和秦晚晴把兩人扶了進去，正要替他們敷上金創藥，沈邊兒忽然一震，伏地貼耳，半晌，道：「來了！」

秦晚晴微噓一聲，把藥瓶塞到唐晚詞手裡，道：「他們來得好快。」

沈邊兒道：「他們早派人追蹤捲哥和二娘來這裡的。」他沉聲道：「他們要在這兒收網。」

秦晚晴沉吟了一下，道：「看來，他們的意思似乎旨在活捉捲哥。」

沈邊兒眉頭一皺，道：「他們想藉捲哥來對付向不服膺于傅宗書號令的江南雷門！」

秦晚晴戀戀不捨的替唐晚詞拂了拂粘在額前的亂髮，沈邊兒握住雷捲的手，一字一句地道：「捲哥，沒有你，就沒有沈邊兒，我決不讓這班狗徒得逞的！」

可惜雷捲已昏過去，沒有聽見。

唐晚詞迷迷糊糊中聽到沈邊兒在說話，眼睛半睜的問了一句：「什麼？」

秦晚晴道：「沒什麼，二娘，答應我一件事。」

唐晚詞只把秦晚晴的手緊緊握住：「嗯？」

秦晚晴忍著淚道：「你們先歇一下，不論外面有何動靜，都不要出來，也不可發出聲響。此外……日後，替我照顧大娘……」

唐晚詞不明所以，秦晚晴忽笑道：「我們要在上面佈署，好將賊子一網打盡，你們先養精蓄銳，過段時間我們會來找妳，大家再一起逃出去。」

唐晚詞覺得有些不對勁，無奈受傷太重，又太過疲乏，連說話都困難，只能夠把頭點了點。

秦晚晴向沈邊兒默默頷首，兩人攜手走上地窖。地窖蓋子一闔，看去便全不覺地板能活動的樣子，兩人再把一些不易燃的雜物堆在上面，弄好了一切後，沈邊兒向秦晚晴笑道：「你猜有多少人包圍在外面？」

秦晚晴道：「少說也有五百人罷。」

沈邊兒道：「還有顧惜朝、黃金鱗、文張、鮮于仇這些高手……」

秦晚晴道：「所以我們連一線逃生之機也不會有。」

沈邊兒道：「其實他們根本不知道我們會在裡面……他們至多只不過是在納悶，怎麼派孟有威在這兒伏下的人手全失蹤了……」

忽聽外面有一個穩重、沉著、溫和的聲音在喊：「雷捲、唐二娘，我們的大軍已在外面重重包圍，你們不必愚昧的頑抗了，出來吧。」

秦晚晴平靜地道：「他們果然不知。」

沈邊兒道：「好厲害。」

秦晚晴道：「你是說……」

沈邊兒道：「說話的人想必是文張，這人一向深藏不露，武功莫測高深，前段日子以來，武林正義之士一直不把他列爲大敵，這是足以致命的錯誤。」

文張是在曠野中說話，但字字清晰，毫不費力，綿延響亮，其內力修爲亦可想而知。

秦晚晴道：「你想他們會怎樣下手？」

沈邊兒說道：「先試探，後放火——」話一說完，茅屋中至少有七處被闖了進來。

◇◇◇

已近晚。

火把卻照得通亮。

火舌獵獵，風聲嘯嘯，茅屋外黑壓壓一大群人，卻整整有序，鴉雀無聲。

只有站在前面的幾人在低語。

他們在負著手，等待結果。

他們剛派了七個好手闖入茅屋裡去。

黃金鱗剛才說過：「以雷捲和唐二娘身上的傷，保管到手擒來。」

可是他現在有些笑不出來，因爲他派進去的人，一個也沒有出來。

猶如石沉大海。

文張悠然道：「看來，他們兩人，還有頑抗的能力。」

鮮于仇道：「我們殺進去不就得了！」

顧惜朝道：「我們要的是活口，雷捲是那種寧可戰死而不降的人。」

黃金鱗道：「只有……」

文張道：「用火攻——」

顧惜朝道：「不愁他不出來。」

黃金鱗拊掌笑道：「對，他們一出來，就插翅難飛，神仙難救。」

文張於是下令：

「放火！」

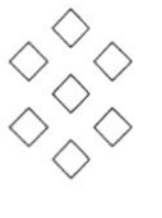

火熊熊。

火光前的臉孔扭曲。

這火焰如許的烈，不出來的人，必定變成了燒豬。

——可是還是沒有人出來。

難道在裡面的人寧願燒死？

當文張他們念及這點的時候，火勢極爲猛烈，加上風助火勢，連稻田都燃燒了起來，他們已無法撲滅這場大火。

沈邊兒和秦晚晴身在火海。

沈邊兒深情地凝視秦晚晴。

秦晚晴咬了咬下唇，一件一件的卸去身上的衣衫。

火光映在她的膚色上，卻如黃色燭光一般的柔和。

沈邊兒的雙手就按在最柔和的斜坡上。

秦晚晴呻吟著，閉上了眼，舌尖伸入了沈邊兒的嘴裡，兩條舌頭在交纏著；

她的手伸進了沈邊兒的袴裡。

沈邊兒忽然激動了起來。

火光。

美麗而深戀的人兒。

沈邊兒迅速把自己變成了赤精著身子。

緊緊的擁住了秦晚晴。

秦晚晴仰首，雙手撫著沈邊兒的後髮，她微仰的下頷在火光映照下出奇的柔美，膚上都密布著細汗，沈邊兒埋首在她胸脯間。

他們已渾忘了置身火海之中。

火勢猛烈，焚毀一切，也足以融化一切。

◇◇◇

——仍是沒有人出來。

難道真的寧願燒死，都不肯出來!?

顧惜朝、文張、黃金鱗等人都不明白：怎麼真有寧死不屈這回事！

文張開始懷疑起來了：「難道他們不在裡面？」

這時火舌已吞噬了茅屋，整間茅屋變成了一條搖搖欲墜的火龍。

黃金鱗道：「不可能的，剛才他們還在裡面動手。」

顧惜朝喃喃地道：「說不定他們就巴不得我們燒死他們。」

黃金鱗笑道：「也罷，這次教他們如願以償——其實，不落在我們手裡，算他們聰明。」

文張望著火海，道：「硬骨頭——」這時一陣烈風吹來，幾乎燒著了眾人，這一干人不由得往後撤退了數十丈。

再烈的火，也會燒完。

很快的，稻田和茅屋，成了殘餘的灰燼。

文張、顧惜朝和黃金鱗過去仔細察看，果然見一男一女的骸體，相擁在一起，活活地被燒死。另外還有七具男屍，顯然是放火前被派入茅屋試探的七名手下。

顧惜朝摸摸他已裂開的鼻子，向燒成炭灰的屍首狠狠的踢了一腳，道：「你倒死得轟烈！」眾人見到屍首，心中放下大石，便不疑還有地窖。

黃金鱗吁了一口氣道：「總算是死了……臨死前還殺掉我們七個人，也真夠狠——」其實他卻不知道，還有另外一人也陪了葬；那就是被活埋地上的孟有威，他是被那一場大火活活燒死的。

文張道：「卻不知那沈邊兒與秦晚晴逃到那裡去了？留著終是禍患。」

顧惜朝道：「現在當前之急，還是合力把鐵手和戚少商、息紅淚除掉——劉捕神抓拿戚少商，自是穩操勝券，我只怕他要押姓戚的回京，夜長夢多，還是不如就地正法，永除後患的好。……我總是有些懷疑，鐵手、沈邊兒和秦晚晴，是劉捕神的人放的！」

文張臉色陰暗不定，忽扯開話題，道：「你看你，殺自己的兄弟，倒真比我們還急。」

顧惜朝冷哼道：「那是因為戚少商恨我，尤甚於你們。」

黃金鱗也附和地道：「這麼說，鐵手恨我，也遠超於他人。」

文張道：「不過，有劉獨峰追緝他們，自是萬無一失……鐵手走脫，倒是不能小覷，『福慧雙修』和『連雲三亂』，萬一抓不了他回來，讓他潛到了京城，跟諸葛先生這一說，這仇結大了，倒是事小，萬一傳丞相不悅……」

大家都不禁有些憂慮起來，這時忽聽舒自繡走報道：「連雲寨九當家游天龍有事急報！」

顧惜朝疾道：「傳。」

只見游天龍飛奔過來，「噗」地跪下，磕首如搗蒜泥道：「稟大當家，屬下該死——」

顧惜朝冷峻地道：「叫你去捉拿穆鳩平，但給逃脫了是不是!?」

游天龍心裡一寒：他素知顧惜朝心狠手辣，喜怒不形於色，他奉命與高風亮追殺穆鳩平，但終究於心不忍，故意放他一條生路，佯稱給他逃脫，卻沒想到聽顧惜朝的語氣，像早已透悉一切，心中正十五吊桶，七上八下之際，只聽顧惜朝接著道：「要不是姓穆的早已給舒捕頭在途中殺掉，你這個過可不小哇！」

游天龍這才知道，原來穆鳩平還是難逃一死，心裡難免有些兔死狐悲，嘴裡卻道，「幸好有舒捕頭仗義出手，誅此惡寇，否則我真萬死不足以贖其辜了。」

文張淡淡的道：「那也不是如此嚴重。」

顧惜朝道：「我們還是去接應劉捕神吧。」

黃金鱗笑道：「看來公子對戚少商真是念念不忘。」

顧惜朝也笑道：「這就五十步笑一百步了，黃大人對鐵手何嘗不也耿耿。」

文張道：「好罷，我們這就會合劉捕神去。」於是一行人浩浩蕩蕩的離去。

過了好久，地窖上的雜物忽然移動起來。

愈動愈厲害，灰燼不斷的揚起，終於嘓的一聲，地窖的蓋子打開，堆積在上面的殘燼全都震開一旁。

一人緩緩冒了上來。

雷捲。

他吃力地爬了上來，往地窖入口垂下了手，一雙玉手伸了出來，雷捲用力一拉，唐晚詞也上了來。

兩人臉上，給殘灰焦物弄得一團黑，但兩人全不在意，很快的，便找到了沈邊兒與秦晚晴的屍首。兩人都跪了下來，沒有說話。

眼淚在唐晚詞臉頰上流出兩行清溝。

良久後，她問雷捲：「爲什麼？」

雷捲沒有動，也沒有回答。

唐晚詞再問的語調開始激動：「爲什麼你不讓我上來，殺掉那干惡賊!?爲什麼你任由三妹和邊兒死!?爲什麼你對穆鳩平見死不救!?你……！」

雷捲仍是沒有答。

唐晚詞一掌摑了過去。

雷捲沒有閃躲。

他的唇角現出奪目的殷紅。

唐晚詞放聲大哭了起來。

雷捲心裡在狂喊：他們在甦醒的時候，火已燒過去了，沈邊兒與秦晚晴已經燒死了，要使他們死得有價值，便是自己和唐晚詞決不要出來！

連聲音也不能讓人聽到。

這樣，才有希望的一天，能報答沈邊兒、秦晚晴、穆鳩平爲他們而死。

——那就是要殺死他們的人死。

唐晚詞猝然立起，哭道：「我要去通知大娘——」

雷捲一把拉住她。

唐晚詞失去常性，用力扯開，但雷捲仍不鬆手，唐晚詞力掙不脫，反手一掌，雷捲本就傷重，被打得一個筋斗，跌了出去，扒在焦炭上，唐晚詞自知出手太重，吃了一驚，忙趨過去，關懷地問道：「你……」

雷捲舐了舐唇上的血，艱辛地一個字一個字他說：「妳不要走。我們要對得起為我們死去的人，就得回到地窖裡先把我們身上的傷治好，我們不可以去送死。」

唐晚詞含淚點頭。

雷捲緩緩閉上眼睛。

這片刻間，他真想殺死自己一千次。

作為一個男子，他從未想過如此孬種，托庇於自己的屬下，要自己的兄弟犧牲性命，來維護他，而他卻縮頭烏龜一般，不敢反抗，不敢吭聲。

他不明白自己何以如此沉得住氣。

如果他身邊不是有一位心愛的女子——他寧可自己身亡，也不願她受到傷害——依他的脾氣，就算再沉著，只怕也不能眼見至好的兄弟們一個個慘死，有的危在旦夕，他卻只躲起來顧著自己。

這不是一個英雄可以幹的事。

也不是一條漢子的作為。

——但卻是一位復仇者必行之路。

不管旁人能不能瞭解，會不會瞭解。

不過，他知道，就算世上任何人都不瞭解，有一個人一定會瞭解的。

——戚少商。

戚少商身負的血海深仇，只比他重，決不比他輕，戚少商忍辱偷生只爲報仇雪恨，他全然同感。

——只不知戚少商現在是否仍在活著?能否逃得過劉獨峰的追捕?

——如果戚少商死了，那麼報仇的責任，全在他的肩上了。

——戚少商，你一定要活著，你，一定要逃出去。

能活下去，才能報仇。

卌二　天空中的男女

戚少商幾乎肯定自己活不下去了。

在毀諾城的大衝殺裡，在排山倒海的攻勢中，他幾乎已崩潰，無法再戰，不想再逃了。

這一路來一次又一次的遇險，一次又一次的被人圍攻，一次又一次的牽累別人，一次又一次的失望，使戚少商已失去了強烈的鬥志，幾近完全絕望。

——既然逃不出噩運，又何必要逃？

——既然自己不免一死，又何苦要連累他人？

而現在他又把毀諾城牽連進去，使得滿城的人，都遭受到厄運。

他覺得這種惡運，是他帶來的。

想到這點，他心中就更爲負疚，簡直想用手中的劍自刎當場。

可是自刎有什麼用呢？他寧可再用手中長劍，多殺幾個可惡的敵人，多救走幾個毀諾城苦戰中的女子。

他已非爲求自己活命而戰。

他不想逃。

可是，他瞥見了激戰中的息大娘。

他看見她纖弱的嬌軀，跟如狼似虎的敵人交戰著，汗濕了她背後的衣衫，使她弱柔的身軀，看去更令人生起一種不忍心的感覺。

戚少商只看了一眼，心中就決定縱自己死千百次，也決不能教她受罪。

所以他一定要救出息大娘。

他重新點燃起鬥志。

他殺到息大娘身畔，敵人愈來愈多，他無法說出一句話。

息大娘沒有回頭，卻感覺到是他，便把背部與他背貼著，兩人去了後顧之虞，拚力殺敵，敵人再多，一時也不能奈何他們。

可是，顧惜朝和黃金鱗加入了戰團。

這兩人的武功，本就是強敵，加上如潮水般湧來的敵人，戚少商知道，他要護走息大娘的心願，只怕無法達成了。

就在這時，忽然飛入了一隻極大的紙鳶。

此時此境，飛來這樣一面紙鳶，豈不太怪？

紙鳶是白色，底下懸著一張小紙條，飄到戚少商跟前：

「請上。」

只有兩個字。

戚少商沒有再考慮，抓住息大娘，掠身上了紙鳶。這時候的情勢，確已不容他多作細慮。

他們才上紙鳶，紙鳶立即力人拉扯一般，飛了出去，直升上半空。

顧惜朝等要制止已來不及，只好喝令放箭，但紙鳶升空十分快速。很快的便連箭矢也無法射及，反而自半空掉落下來，傷了自己的人。

顧惜朝心下悻然，但想及劉獨峰曾明示過戚少商是他要緝捕的人，諒他也飛不上天。

在半空中的戚少商與息大娘，大難不死，劫後餘生，心中卻十分差愕莫名，驚喜交集。

喜的是終於又在一起。

活著，畢竟是件好事。

驚的是這紙鳶是何人所放？要飛到那裡？那兒又是怎麼一場命運？

他們在上空俯視底下的毀諾城弟子在浴血奮戰時，息大娘真忍不住要跳下去。

戚少商將她一把拉住。

紙鳶因兩人的動蕩而微微一傾，幸好並沒有傾覆，紙鳶仍是照樣飛翔。

這紙鳶便是他倆在急湍中的獨木舟，決不能翻沉，這是他們的一線希望。

過了良久，息大娘用一種從未有過的低沉聲音道：「也好，現在我跟你一樣了。」

戚少商澀聲道：「大娘……」

息大娘笑了一下，還眺望著愈漸遙遠的毀諾城，聲音在空中也顯得十分遙遠：「你是失去了山寨失去了兄弟的戚寨主，我是沒有了城沒有了家的息大娘。」

戚少商愧然道：「是我又累了妳。」

息大娘道：「這是句俗話。」

戚少商道：「但卻是實話。」

息大娘道：「江湖上的人，相濡以沫，同舟共濟，怕誰累誰的，就不能算是個真正的江湖中人……更何況你我！」

戚少商被她那一句「更何況你我」，在心裡像醇酒般的溫暖著，雖然在這上不到天下不及地的情況裡，他緊緊執著息大娘的手，且不管在前面將遭遇到什麼，這一刻卻是美好的。

息大娘卻望著縱控著這大紙鳶的那條白線。

線那麼細，線那麼白，以致在長空白雲間，不細心幾乎辨認不出來，所以連顧惜朝等人也忽略了這條線，未及將之斬斷。

然而這條細線卻牽制著他們兩人的性命。

這是條什麼線？

是誰在縱控著這條線？

息大娘很快的便有了答案。

紙鳶已斜飄下降。

放出這條線的人，顯然已在收線。

是什麼人有那麼大的力量，用一條線，在千軍萬馬中救出兩個他要救的人？

紙鳶斜飛入樹林。

息大娘認得出：那樹林左邊是髒骯的沼澤地帶，右邊是斷崖，中間只有十餘丈的一塊乾淨地。

牽線人顯然是選擇了這塊乾淨的地方，——這人對碎雲淵的地勢如此熟稔，難道是毀諾城中的人？

◇◇◇

不是。

毀諾城中還沒有這樣的高手。

線在一個人手上。

人在滑竿上。

滑竿在四個人的肩膊上。

另外兩個人在縱控著紙鳶下的兩條維持平衡的粗線，把他們自半空平穩地降落下來。

那竿上的人，神態威儀，神情威儀，連坐姿也十分威儀，尾指如姆指，都留有長長的指甲，正在把玩著一雙鼻煙壺。

戚少商卻沒見過這個人。

息大娘一見那人身旁的六個人，臉色就倏然變了。

兩人飄然落地，戚少商正想說話，卻發現他握住息大娘的手忽然變得冰涼。

他暗自吃了一驚，一字一句地道：「劉獨峰？」

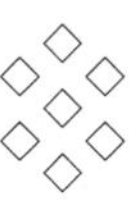

那滑竿上的人道：「是我。」

戚少商道：「為什麼要救我？」

劉獨峰道：「因為我要抓你。」

戚少商只覺一波未停一波又起，惡魔永無完結：「你何不讓他們殺了我？」

劉獨峰搖首道：「我只要活捉你，我不能眼睜睜看見黃金鱗和顧惜朝他們折磨你。」

息大娘忽然問：「毀諾城可是你叫人攻破的!?」

劉獨峰道：「我這六位小兄弟，就有這本領。」

息大娘手中的繩鏢呼地舞了一個圈，叱道：「劉獨峰，我與你仇不共戴天！」

劉獨峰搖首道：「息大娘，我也佩服妳是位女中丈夫，我不想抓妳，妳去吧。」

息大娘氣白了臉，道：「你以爲自己是什麼東西！派幾個人，毀了人家的城堡，可知道有多少人就這樣給你毀掉!?你以爲任由你要放的就放，要抓的就抓麼！」

劉獨峰摸摸鬍子，道：「那也是沒辦法的事。」他頓了一頓，長嘆道：「戚少商，你也是聰明人，放棄作無謂的反抗罷，我應承你不爲難息紅淚便是。」

雲大接道：「對了，爲了息大娘，你就投降吧。」

李二道：「劉爺把你們救出來，他只要押你一人回京。」

藍三道：「回到京師，劉爺說不定能爲你開解，洗脫罪名。」

周四道：「你也別狗咬呂洞賓，不識好人心了，你們是逃不掉的。」

張五道：「你也該想一想，與其落入顧惜朝、黃金鱗這等人手裡，不如還是跟劉爺回去好多了。」

廖六道：「戚寨主，請。」

這六人跟隨劉獨峰數十年，自然懂得該在什麼時候說什麼話，廖六最後那一句「請」，是要戚少商束手就擒的意思。

戚少商和息大娘深深地互望一眼。

兩人都了然了對方的眼神。

戚少商眼裡的意思是：希望他自己留下來而換得息大娘離去。

息大娘的眼神是：執意不肯，寧可共生同死。

戚少商了然。

他的眼神不再堅持。

息大娘的眼色又化作春水般柔和：彷彿跟愛郎在一起，縱死也心甜。

兩人相望一眼，眼裡的話語，兩人都心知，勝過千言萬語。

然後戚少商拱手道：「請。」

他的「請」字，是「請動手吧」的意思。

六人轉首望向劉獨峰。

劉獨峰長嘆道：「戚寨主，我這也是逼不得已，要是你能在我手下逃得三次，我便不抓你如何？」

戚少商肅容道：「坦白說，能在劉捕神手下逃脫一次的，已屬天下奇聞了。」

千穿萬穿，馬屁不穿，劉獨峰也笑道：「好，但願你是例外，不過，我下手可不留情。」

雲大道：「爺，這兒地髒，不如就把這兩人交給我們罷，爺就歇息歇息……」

劉獨峰道：「不。論奇門遁甲，五行機關，你們六人，當然難逢敵手；但要論武功，戚寨主和息城主都比你們高出許多，他們苦戰在前，受傷在先，總不能讓你們打輸了之後，我才出手，這豈不是成了車輪戰？……戚寨主，息大娘，你們已體力大損，功力大耗，兩人一起上罷，不必客氣。」

戚少商與息大娘再深深的對視一眼，戚少商拔劍道：「那我們就得罪了。」

劉獨峰舒然坐在滑竿上，臉帶微笑，一點都不像準備格鬥的樣子。

戚少商本來單手提劍，劍尖平舉及眉，雙目凝視劉獨峰，那逼人的眼神，連那六名錦衣人也為之懾住，各退了一步。

戚少商苦戰數日，浴血負傷，體力耗損，而且打擊接踵而來，還斷一臂，居然仍有這樣銳厲的眼神，使得劉獨峰也暗自讚一聲：好！

戚少商蓄勢待發。

卻忽然收劍。

只聽他道：「劉捕神，你既不願交手，何不放我們一條生路？」

劉獨峰笑道：「你可知道剛才一劍待發，又突然收劍，『水分』，『溫溜』，右『肩髃』三處，曾有破綻？」

戚少商一聽，驀然一驚，他在收劍的剎那間，因一臂已斷，動作時不免有些極小的破綻。然而那都只是剎那間的空隙，卻沒想到還是給看來漫不經心的劉獨峰瞧破。

劉獨峰撫髯道：「如果，剛才我把握瞬息間的時機，去攻你的那三個穴位，你會怎樣？」

戚少商額上滲出汗珠，緩緩抬起了劍尖，遙指劉獨峰。

劉獨峰倏然道：「這才對了，不要看我毫不在意的樣子，就輕敵或不忍心攻我，否則，後悔莫及的是你自己！」

戚少商大聲的說：「是！」

突然間，息大娘肩膊一動！

她纏在腕上的繩鏢，閃電般射了出去！

不是射向劉獨峰！

而是射向在替劉獨峰抬滑竿的張五！

——射人先射馬，擒賊先擒王！

繩鏢飛射張五！

張五、藍三、周四、廖六四人在抬著滑竿，雲大和李二則在護法！

息大娘的繩鏢一射出去，李二怪叫一聲，搶身一攔，亮出一面銀牌往繩鏢截去！

卻不料繩鏢一閃，忽改變了方向，自李二胯下疾穿了過去，仍直射張五右膝！

雲大大喝一聲，從旁搶至，已抓住繩鏢！

他空手抓住繩鏢，卻不料繩鏢忽打幾個旋轉，繩子在他指掌間打了幾個圈，飛鏢仍逕自射向張五！

這一連兩次的攔阻，這繩鏢竟似有生命的一般，乍生變化，但射向目標依然不改！

卅三　寶劍留情

在這電光火石之間，張五猛抬足，繩鏢本來射向張五右膝，張五這一抬腳，繩鏢必定落空！

但在突然之間，繩鏢似有生命一般，突然變了方向，射向張五左腿，就像它本來就是一直往張五左腳射去一般！

就在這時，藍三、周四、廖六同時放下肩上滑竿，分左右後三方兜截而上，藍三出掌，周四出拳，廖六出腳，分別截擊繩鏢！

卻不料繩鏢陡然一震，嗖地改了方向，哧地射入張五已抬屈的右腿裡！

張五悶哼一聲，左腳踏地，臉色蒼白，但滑竿三方失力，只由他一方獨撐，他肩負滑竿，怎麼都不肯鬆手。劉獨峰這頂滑竿，特別寬敞舒適，由四人分四方才能平衡，張五一人獨撐，自然吃力。

藍三、周四、廖六互覷一眼，都現怒容，飛掠過去原來的方位上，向息大娘怒目而視。

雲大和李二上前一步，向息大娘戟指怒道：「妳——！」

息紅淚一擊得手，臉色泛起了一陣蒼白，由於她稚氣的臉上，出現這一絲疲色，戚少商心裡覺得一陣無由的疼惜。

劉獨峰仍坐在滑竿上。

他一字一句地道：「息大娘，你不該傷了張五。」

息紅淚一綹髮絲，晨光映照在顏面上：「爲什麼不能傷他？你們抓我，我就傷人。」

劉獨峰強忍怒氣，道：「我們是奉皇命來拿你們，奉國法來抓你們，妳不束手就擒，還敢撒野？」

息紅淚傲然道：「我不管你奉的是什麼命，遵的是什麼法！我們江湖上的道義是：決不束手待斃，讓你們抓回去受折磨，至多戰死在這裡。」

她又不屑地笑道：「我也可以說我是奉天命行事，冠冕堂皇的理由，誰不會找？要說服人，就要有理。」

劉獨峰涵養再好，也按捺不住了，長髯無風自動：「妳說我無理？」

息紅淚含笑搖了搖頭，望了戚少商一眼，悠然道：「不是。」

她接下去說：「我只是沒有見過比你更自以爲是，強辭奪理的人而已！」

她望了戚少商一眼。

戚少商明白她的用意。

她的意思就是要激怒劉獨峰。

劉獨峰的武功太高不可測了，不激怒他，就不可能有機可趁，就算激怒了他，也不見得就有機可趁。

但至少不那麼高深難測。

可是劉獨峰臉肌抽搐一下，卻笑了起來：「息大娘，妳自己砍腿上一刀，走吧，我不抓妳。」

息大娘臉色突然變白。

然後她的話從慢到快，漸而如連珠炮般迸口而出，清亮尖銳：「劉獨峰，你這個老匹夫，你以為你自己已經很公平了是不是？你要保持自己的風度而不動怒，自己卻高高坐在別人的肩頭上，來顯示你的與眾不同！你以為讓我自刺一刀放我走便很寬容為懷了是不是？你知不知道我和他，活，要在一起，死，也要在一起，你要我一再負傷，再遇上黃金鱗那干混蛋豈不是死無葬身之地？你這個老王八！你處處為求保自己清譽，做的卻是件惡事！你以為你是什麼東西!?只不過是個狗雜種大混球！王八縮頭烏龜狗官！」

劉獨峰猛然飄起。

他的手已一探，已自廖六背上抽出一柄劍。

劍光湛藍。

劉獨峰終於動怒。

劉獨峰終於出手。

息大娘的用意便是要逼到劉獨峰離開滑竿，向她出手。

他一旦出手，必一定向她攻擊。

只要劉獨峰向她出手，戚少商便可以覷出他的劍路，從旁截擊。

她堅信戚少商的聰穎和武功。

戚少商跟她初識的時候，曾跟她師兄萬劍柔交手一招「問君何日所憶」中，揣摸到這一門武功的脈絡，而施展凌厲的劍術，使得萬劍柔的第二劍「問君何所愁」一直施展不開來。

戚少商的武功雖然不能算是息大娘平生所遇最高的，但他對武功的聰悟，是息大娘生平僅見。

她相信戚少商一定能及時找到破解之法。

劉獨峰出手一劍。

息大娘右手短劍，左手繩鏢，至少有九十六種招式，但一招也使不出來。

在這千鈞一髮生死之間，她竟使出了一招自己生平想都沒有想過，但從所有武功招式與交手經驗裡所悟得的招式，在這剎那間用上。

她使了那一招後，退了五步。

劉獨峰收劍，身子飄然回到滑竿上，劍又插回廖六背上劍鞘之中，彷彿從未動過劍一般。

他一劍刺出，戚少商竟然來不及出手。

甚至還來不及看清楚。

劉獨峰直如未曾出過手一般。

息大娘用自創招式架住這一劍，向戚少商展顏一笑，正想說話，突然臉色倏變，只覺一股莫匹的劍氣湧來，把樁不住，連退五步，劍氣已及胸前，但劉獨峰仍在竿上，並沒有動手。

『掙』的一聲，戚少商出劍。

劍斬在空氣之中。

原先潛發的劍氣陡然切斷。

息大娘臉色蒼白，捂胸喘息，戚少商收劍橫胸，朗聲道：「好一劍『先發爲虛，後發殺人』，你出劍反而不是主力，收劍後的餘勢才是真正的劍氣。」

劉獨峰含笑道：「不錯，你能瞧破我的『後發劍』，已經不容易了。息大娘以急創招法破我一招，也了不起。如你們二人未曾受傷，聯手起來，或可與我一戰。」

他嘆了一口氣道：「可惜你們已經受傷，受了重傷。」

戚少商冷冷地道：「你這句話白說了。」

劉獨峰道：「哦？」

戚少商道：「你若要顧得我們受傷，就不要來抓人，既要抓人，婆婆媽媽作什麼？」

劉獨峰道：「說得好，我是不該貓哭老鼠假慈悲的。」伸手一探，錚地拔起張五背上一柄朱紅色的劍。

戚少商、息大娘互覷一眼，抱劍而立，李二忍不住說了一聲：「爺，地上很髒，要小心。」

雲大瞪了他一眼，說：「爺自會小心，省得你來說！」

劉獨峰的身形在滑竿上突然顫動起來，他的雙袖，也像鼓滿了風的帆布，這勢必驚天動地的一擊已矢在弦上，張滿待發，滑竿之上，已發出一種隱隱的風雷之聲。

突然間，兩道身形，一左一右，飛掠而起，急襲劉獨峰！

戚少商的劍，平平一劍刺出，但這一劍，是他畢身武學精華所集，他的劍才抬起，站在竿前的雲大和李二都不由自主的，被一種不算刺目的鋒芒迫得閉上了雙眼。

他們一闔眼，因十分關心戰情，所以立即張開，張眼的時候，只見兩道人影斜飛落地，地上灑落了幾點滴血，就像梅花一般鮮艷奪目。

戚少商和息大娘落下，又互望一眼，她看見他的腰間冒起一股血漬，在迅速擴散，他看見她手上的繩鏢，只剩下半截繩子，繩鏢的利刃已不見。

然而抬竿的四人也察覺頭上的風雷之聲，漸漸隱去。

戚少商與息大娘在劉獨峰的「風雷一劍」將發未發前，引發了它。

只聽劉獨峰歎道：「束手就擒吧。」

戚少商大聲道：「絕不！」

風雷之聲又再響起，這次風勁勢強，比上次更凌厲。

突然之間，息大娘平地翻起十七八個斛斗，她身形何等輕巧，這一連串十來個斛斗不過是一眨眼間的事，然後她春蔥似的十指，已發了廿七道暗器，射向藍三、周四、張五、廖六！

雲大、李二大喝一聲，正要攔阻，忽見寒光一閃，戚少商已然出劍。

雲大、李二被凌厲的劍氣逼得向後疾退！

猛然日光一黯，一人如大鵬一般，一劍往戚少商頭上刺落！

戚少商早算到劉獨峰會在此時出手，翻劍一架，兩人在電光火石間，搏了七劍。

就在同時間，息大娘那廿七件暗器，驟然合爲一件，飛射周四！

周四膽寒魄散，叫了一聲，廖六急放下滑竿，兩人四掌，全力往那一道合廿七件暗器的「暗器」擊去！

息大娘身形疾閃，已欺近藍三身前，雙指直奪他雙目！

藍三猛一低頭，息大娘一足飛蹴，鞋尖玎地冒出一截劍尖。

藍三怪叫一聲，身子猛地一縮，在這上下夾擊當中，居然像一隻洩了氣的汽球一般，嗖地自半空疾退！

這交手不過瞬眼工夫，廖六與周四應付暗器，藍三被息紅淚逼退，撐持滑竿的，只有張五一人。

這時錚地一響，戚少商的劍，已脫手飛出，劉獨峰氣勢已盡，呼的一聲，陽光一掩，已落回滑竿上來。

息大娘身形一閃，一劍向張五刺到。

張五本已受傷，獨力維持滑竿，本已甚爲艱辛，息大娘這下來襲，他實是無法應付的，但他硬拚著血濺當場也不肯放棄滑竿。

忽然陽光一黯。

息大娘的攻勢完全變了。

她放棄了一切攻勢。

她閃出了滑竿範圍。

劉獨峰才回到滑竿，馬上發覺張五遇險，足尖微一借力，急沉下降，劍擊息大娘！

然而息大娘已早先一步掠了出去！

劉獨峰一擊落空！

息大娘掠出的身形與戚少商掠出的身形交錯而過！

息大娘的短劍已落到戚少商手上。

戚少商向劉獨峰刺出一劍。

劉獨峰一震，劍團大作，本可一劍把戚少商手臂斬斷，但是劉獨峰猶豫了一下。

就這麼猶豫的刹那，戚少商的劍勢已欺入中鋒，劉獨峰再也來不及砍下了這一條胳臂！

劉獨峰回劍自保，玎的一響，戚少商的劍尖就刺在劉獨峰的劍鞘上。

戚少商借劍尖之力一點，身形又彈飛出去！

劉獨峰被這劍尖之力一壓，拍拍二聲，雙足沾地，他本仍可來得及反攻戚少商，但他雙腳才沾地，便怪叫一聲。

因爲地上十分之髒，一片濕漉，他這一雙腳落地，用力稍猛，拍的一聲，髒泥濺了上來，沾濕了他的下襬，劉獨峰自十八歲以來，一直在宮廷裡養尊處優，所踏之處，莫不是白玉瓷磚，潔淨無瑕，錦絹繡褥，而今一腳踏在爛泥上，使他怪叫出聲，身子猛往上拔，再回到滑竿上！

戚少商再閃出的時候，息大娘已逼退了雲大和李二的攻擊。

她用的是雙腳鞋尖上的利刃，連環踢出，而她白玉般的皓腕，不時射出極之淬厲的暗器，李二和雲大是招架不住的。

戚少商閃到她身旁，腳步一陣蹌踉。

息大娘馬上扶住了他。

任是誰跟劉獨峰對劍，就算僥倖未敗死，但心神體力之消耗，非同小可。

兩人身形不過略略一頓，立即掠去。

這是他們生死存亡的關頭，再也不容喘息偎依。

他們往沼澤的方向掠去。

這時，廖六、周四、藍三已同時回到滑竿的崗位上，異口同聲的叫：

「爺！」

劉獨峰皺著眉頭苦著臉看著自己衣襬上的泥漬，大喝一聲，目光暴射，手中朱紅劍破空射出，急追戚少商、息大娘！

戚少商和息大娘都聽到激烈的劍氣破空之聲！

他們兩個都沒有回頭。

因爲這一劍的來勢，是劉獨峰盛怒之下出手的，他們根本招架不住。

只要他們停下來招架，便沒有機會逃出去。

他們仍全力往前疾奔。

但他們的身形變了。

由於他們奔行速度奇快，以致身體幾乎是與地平行的直射而出！

朱紅的劍影一閃而沒！

紅劍擊空，越過他們的身前，哧地插入土裡，餘力未消，劍柄兀自嗡動不已。

戚少商掠過的時候，手腕一翻，已拔起地上的劍。

他乍見劍上刻了兩個篆字。

「留情。」

◇◇◇

劉獨峰大喝一聲：「追！」

戚少商與息大娘已掠入那一片沼澤地帶。

雲大和李二也跟了進去，追蹤戚少商和息大娘的蹤影。

藍三、周四、張五和廖六卻不敢進去。

他們不怕沼澤。

但劉獨峰怕髒。

他們怕弄髒了劉獨峰。

在沼澤邊緣，劉獨峰道：「他們逃不了的，有雲大、李二的追蹤，他們總要自沼澤出來。他們逃得了一次，逃不了第二次。」

他這樣說的時候，眼睛有深郁的鬱色，並沒有多少欣悅之意。

卅四　沼澤中的男女

在沉浮污濁的沼澤地帶，戚少商與息大娘匿伏到天色全黯，然後戚少商輕輕的道：「我們去罷。」

息大娘一直貼近他的身邊，此刻忽然用手搭住他的手背，緊了一緊。

戚少商轉頭過去，但見息大娘藏在烏髮裡的側臉，月亮映照在她尖巧的鼻樑上，十分柔和。

戚少商頓覺以前跟這眼前人兒的種種情份，幕幕湧上心頭，心中無限感慨，只道：「大娘，但願人長久，千里共嬋娟，如果這番得以不死，我寧願息隱江湖，跟妳長相廝守，那麼多好！」

息大娘的睫毛在月色閃映下微微一顫，道：「你說真的？」

戚少商認真地道：「大娘，我從不騙妳。」

息大娘忽嫣然一笑，道：「這樣好聽的話，縱是騙我又何妨？」

戚少商急道：「可是，我說的是真心話。」

息大娘道：「就算是真的，可是你以前胸懷大志，沒聽入耳，始終入世營擾，而今你身負深仇，要你陪我逍遙過世，也決不會快快活活的過一輩子的。」

戚少商長嘆道：「也許上天給予我這些災劫，反而教我看開了，勘破了，待教我出得去，活下來，還有什麼爭持個不休的。」

息大娘笑道：「縱教你給看化了，咱們能不能逃得過劉獨峰的手上，還是個問題。」

戚少商沉重了起來：「劉獨峰的武功極高，我們決不是他的敵手。」

息大娘道：「他最後飛劍本可取我們的命，但他志在生擒我們，不想殺人，所以才故意將劍投空。」

戚少商只覺混身傷口一齊作痛，苦笑道：「如果他要傷我，此刻我早已成了無臂人了。」

息大娘道：「可是若爲他所擒，遲早落到傅宗書那干狗官手裡，那真比死還不如！」

她忽然用手搭在戚少商的手背上，道：「你要答應我一件事。」

戚少商覺得一個這樣絕世佳人爲自己犧牲了那麼大的幸福，心裡一陣強烈的感動，忽然哽咽起來：「大娘。」

息大娘把頭依靠在他的右肩上，輕輕的揩拂，讓戚少商感到一陣陣的溫馨，真想一生一世就如此，那就是莫大的幸福了。

息大娘柔聲道：「假如我給他抓住了，答應我，把我殺了。」

戚少商聽得一震。心中實在害怕息大娘萌了死志，一股熱血上沖，覺得縱把自己剮上千萬刀，也決不能教她再受傷害，當下便道：「妳一定要活下去，決不可以死。」

息大娘柔美的雙眸堅定地望著他，道：「要是我落在他們手上，決不如死了的好，我是個女子，你當然明白我的意思。」

戚少商道：「好，假如妳死了，我也決不苟活。」

息大娘嘆道：「你又何必如此，要是你一個逃，或許還可以逃得出去。」

戚少商立刻道：「妳傷得比我輕，我在這兒跟妳斷後，妳必定能夠活出去。」

息大娘道：「你何苦如此。」

戚少商道：「妳也不必如此。」

他堅決地道：「大娘，我們生一塊兒生，死一道兒死。」

息大娘道：「你的兄弟朋友，全教人害死，你活著還可以指望替他們報仇。」

戚少商長嘆一口氣，道：「妳也不是一樣？毀諾城裡的姐妹，全教我給連累了，妳也一樣要報仇。」

息大娘蹙著秀眉，沉思了好一會兒，道：「所以我是沒有辦法說服你獨個兒逃走了？」

戚少商道：「可以。」

息大娘倒出乎意料之外。

戚少商接著道：「妳逃，我留在這裡斷後。」

息大娘道：「可是，要是我們兩人一齊逃，很難逃得過劉獨峰的追捕。」

戚少商道：「逃不過就逃不過，那又怎樣？死在他手裡，總比死在顧惜朝、黃金鱗那干人的手上的好！」

他握住息大娘的手，深刻地道：「大娘，妳別再勸我了，這個時候，我們是在一起的，不管生死，誰都不能把我們分開。」

兩人靜了下來。

息大娘偎依在戚少商的懷裡。

他們處身在蕈氣濃烈的沼澤地帶，但星空明淨，月華遍照，兩人顏臉一片安祥。

息大娘笑了：「你知道嗎？我餓了。」

他們在一起逃亡，身上的痛楚，危機的殺氣，已使他們渾忘了飢餓，可是，他們現在依偎一起，那種生死相依的感情已融不盡，銷不掉了，倒是沒有了畏懼，反而輕鬆了起來，因而感到飢餓。

戚少商笑道：「我也是。」

息大娘道：「可惜這兒是沼澤地區，沒有什麼野獐山豬之類，否則，真該吃一頓飽的。」

戚少商望望漆黑的周圍，道：「蛇吃不吃？蜈蚣吃不吃？要是妳敢吃，倒不愁沒有。」

息大娘白了他一眼：「還有心情說笑，我都快餓死了。」

戚少商說：「不說笑又怎樣？對了，我們心懷大志衝出重圍去吃東西！」

息大娘眼睛亮了，稚氣地笑了起來：「哈！」

戚少商站起來，拉著她的手道：「怎樣？來吧！」

息大娘卻不起身，柔媚道：「不，我們要在這兒，盡可能多待一些時間，讓劉獨峰在外面，急急也好。」

戚少商也眨眨眼，道：「好，那我先去生一堆火，或許，還可以順便烤熟兩隻飛蛾。」他笑著問息大娘：「飛蛾妳吃不吃？」

息大娘閉著眼睛，呻吟地道：「我吃人肉，你的肉。」

戚少商看見她嬌俏和祥的臉龐和頷頸勻和的曲線，竟似癡了。

當戚少商望著息大娘的時候，有人同時在黑暗裡注視他。

那是在遠處。

一在浮沙裡。

一在朽木中。

雲大。

李二。

這兩個本就是「五遁術」高手，他們在半途就捎上戚少商與息大娘，一直在找尋出手的機會。

「一定要把他們拿下，」這是李二的意見，「這兩個傢伙耗了我們很多時間，而且讓爺弄污了衣服，實在可惡，必要時，殺掉也在所不惜，反正把他們押回京師，他們也決活不了。」

「只怕我們兩人，未必是他們的對手。」這是雲大的顧慮。「其實這兩人並無大惡，現在把他們逼得走投無路，我們也身不由己。」

「我們出奇不意，以五行術制住他們，諒他們也逃不了。」李二堅持行動。

「逼虎跳牆，是件險事，咱們還是謀而後動。」雲大仍是猶豫。

忽然間，有人扯住了李二的後腳，同時一雙手已搭住雲大的膀子。

雲大、李二大吃一驚，正要動手，才看清楚來人，原來是藍三和周四。

雲大喜道：「你們也來了。」他雖高興，但語氣低得就似泥沼裡冒了一個空氣的泡。

周四板著臉孔，看看遠處正在生火的戚少商：「怎麼，還沒得手？」

李二冷冷地道：「不是還沒得手，而是還沒有動手。」

周四道：「爲什麼？」

李二道：「老大思前想後的，儘是長他人志氣，滅自己威風。」

雲大分辯道：「我想，爺沒有下令我們動手，只要我們把人逼出沼澤來，這樣冒然下重手，只怕不大妥當。」

周四擰頭看著，戚少商已飛劍刺中一隻夜宿於枝上的禿鳥，與息大娘正興高采烈的，拔除鳥羽，準備大嚼一番。

「你看，他們那裡是準備要出去？」周四道，「我們可以耗，可是在外面的爺怎麼辦？你難道要勞動他老人家進來這髒地抓人麼？」

雲大垂下了頭。

李二道：「爺待我們恩重如山，縱是不敵，我們也得試試。」

周四道：「怎會不敵，咱們四個人，還對付不了兩個身負重傷的人嗎！」

藍三道：「這兩個可惡的人，傷了老五，我們也該爲五弟報仇。」

李二道：「說得是！」

藍三道：「要是老大顧慮太多，不如盡是坐著，我們動手好了，萬一有個差池，你先回去報爺，這也是萬全之策。」

雲大聽到熱血賁騰，道：「說什麼萬全之策，咱們一起動手，生死勝敗，都在一起便是了！」

李二、藍三齊聲道：「好！」

雲大道：「不過，我聽說這兩人也是江湖上的好漢和奇女子，我們能抓就抓，最好不要殺人。」

藍三決然道：「好。」

李二、周四交換了一個眼色。

戚少商和息大娘也交換了一個眼色。

他們的眼神卻是溫馨的、甜蜜的。

他們正在吃肉。

烤鳥肉。

月亮的清輝圈亮頭上。

火光熾熱的在腳邊。

兩人的臉色，也有清淡詳和，也有艷烈不安。

「好吃。」息大娘說：「原來沼澤中的鳥肉，這麼好味道。」

「其實這種鳥是骨多肉少，皮太老，並不太好味道。」戚少商說。

「我知道了，你一定跟鳥爭功，說是你烤得好吃。」息大娘在舐舐唇上的肉屑，笑嘻嘻的道：「其實只要人餓了，吃什麼東西都好味道。」

「不是，我是說，你的香料和鹽，調味得恰到好處。」戚少商悠然道：「我真服了你，怎麼在逃難的還帶著調味香料？」

息大娘笑道：「逃難的人不用吃飯嗎？」

戚少商馬上搖頭。

「相反的，逃亡的人，特別希望吃頓好飯；」息大娘道：「所以我們就應該準備點好味的東西來逃難。」

戚少商奇道：「你是什麼時候已有了準備的？」

息大娘道：「我一知道連雲寨被攻破的時候，香料都準備好了。」

戚少商忍不住感動，喀的一聲，咬碎了鳥脅的骨頭。息大娘一旦得知他連雲寨覆沒，即料定他會來毀諾城求助，明知毀諾城亦將受連累，定被攻破，但仍挺身相護，半生心血於是被毀，戚少商心中更是難過不安。

他這樣惴然的時候，不覺把目光轉移向火焰。

由於柴薪多是濕漉，而且柴枝不多，所以生起火來並不旺盛，只是幽幽藍藍的一團火，在沼澤之地更有一種英雄解馬的古意。

然而，突然間，火焰大盛。

小勢往息紅淚掠去。

火焰裡有人影。

戚少商大吃一驚，還未來得及叫出聲，便已出劍。

但軟泥裡伸出一雙手。

雙手閃電般抓住了他雙足足踝。

戚少商顧不得這許多，劍破空飛出。

火焰裡的兩人，本來一左一右，攫向息大娘，然而長劍劃至，兩人身形稍頓，去勢稍挫，息大娘手中的烤肉飛出，右手一掣，一柄小劍，已刺入火焰之中。

火勢大盛。

火光中的人影已奇跡般消失。

息大娘怕給火勢灼及顏面，遮面急退！

她身形甫退，背後的那半株「朽木」，突然「動」了起來。

那原是周四的計策。

——只要先擒住息大娘，戚少商定必投降。

所以他們主力是先拿下息大娘。

息大娘一退，那棵「樹」的雙手便已箍住息大娘。

但息大娘的短劍也自肘下疾刺出去。

那人怪叫一聲，鬆手，急退。

火光中的兩人，便是周四和雲大，見李二受傷，兩人身法急閃，已抓住息大娘雙肩。

息大娘的雙腳，躍空雙飛，分成一字，急踢而出，鞋尖上的利刃，已到了兩人額角！

這時候，突然有一聲大叫。

一個人破土而出，滿身泥沼，口中噴出一大口鮮血！

原來藍三緊扣戚少商雙踝，戚少商情知已然受制，難以掙脫，手中長劍又已掟出，急中生智，不掙反沉，雙腳直沒入泥中。

藍三正用力把戚少商拉住，以爲他要往上力衝，不料對方借力踏下，藍三雙肩同時被踏中，格格兩聲，藍三知道自己負傷非輕，怪叫一聲，連忙鬆手，破土掠出！

戚少商雖然傷了藍三，但半身也陷於泥沼之中。

這時息大娘那兩腳踢出，明明踢到了兩人的臉門，但突然間，腳上的力道擊空，雲大和周四的頭，像平空消失似的。

在這刹那間，雙人四手，已扣住息大娘雙腿，而兩人的頭，又神奇地在衣衽裡「彈」了出來。

息大娘情知不妙，而李二也立刻急攻而至。

她以短劍急劃，逼退李二要封她穴道的企圖。

周四見她頑抗，知道時機稍縱即逝，叱道：「殺了！」

李二的攻勢更加猛烈起來！

就在這時，只聽一聲長嘯！

李二知道戚少商已經趕到！

他向息大娘的攻勢更加狠毒！

他知道自己若攻不下息大娘，制住息大娘雙腿的兩位兄弟處境必定危殆。

所以他忘了對方是個女子，只顧全力發動攻勢！

卅五　逃亡中的男女

息大娘雙腿被扣，要應付李二的攻勢，是十分艱險的事。

李二進攻了三招，息大娘嬌喘不已，臉都漲紅了起來。

李二再攻了三招，息大娘仍然封鎖得緊，劍意更加周密。

李二又攻三招，但息大娘已還擊一劍。

李二立時發現，本來扣住息大娘雙踝的周四與雲大，都已倒在地上呻吟著。

接著他就中了戚少商一掌。

他飛了出去，好久才拍地倒在地上，泥花四濺，剛好他掉落的地方是浮鬆沼泥，他的身子不住往下沉。

他因恐懼而大叫，因爲胸口中掌不輕，一時間血氣翻湧，連平時的五行遁法也無法施展。

藍三立即掠了過去救他。

戚少商一手搭住息大娘的肩，問：「大娘，可有受傷？」

息大娘笑著撫髮，另一隻手搭在戚少商的臂上：那動作溫柔關切，勝過萬語千言。

周四與雲大，捂胸倒在地上，互望了一眼。

周四眼神裡的資訊是：不服，再戰，鬥志旺盛。

而雲大的意思是：走！

周四一咬牙，翻滾過去，一手擷下了雲大身後負著的一張七色的小弓。

雲大臉色大變，叱道：「你——」

周四已在懷中摸出一顆金丸，拉弦瞄準兩人就射。

雲大叫道：「不可！」一手抓住周四的右肩。

周四沒有理會他，這一彈已然射出。

劉獨峰麾下有六名親信，即：雲大、李二、藍三、周四、張五、廖六，這六人擅於歧黃雜學，奇門遁甲，五行八卦，無一不精，但若論武功，則是平平。

劉獨峰擔心他們武功駁而不純，易爲一流高手所乘，所以傳下六件極其厲害的法寶，給他們六人共有。

這六式法寶，合起來一共三件，必須要兩件法寶配合，才能發揮它的威力。

這六人當中，雲大敦厚穩重，李二剛烈好勝，藍三重情機智，周四心狠手辣，張五忍辱負重，廖六淡泊功名。劉獨峰爲免這三件威力奇大的武器會出岔錯，所以分給這六人不同的配搭，以俾在性格上互相克制，真要在生死關頭，方可動用這等犀利武器。

雲大擁有的是「滅魔彈月彎」，周四擁有的是「一丸神泥」，兩者合一，這一彈射出，可化爲千萬彈，中者無不成癱瘓。

李二有的是「后羿射陽箭」，廖六有的是「軒轅昊天鏡」，兩者配合運用，在烈陽之中，一箭必殺！

藍三所分到的一柄「秋魚刀」，張五所分配的是「春秋筆」，這一刀一筆，配合起來，據說可以破盡天下奇陣、兵器。

周四抄起「滅魔彈月弩」，把「一丸神泥」射了出去！

戚少商乍聽雲大的喝叱，已然惕覺，乍見一顆金丸，炫然中天，月黯星沉，化作漫天泥丸，直洒而落，天地之間，直似無所容身！

但只要給一丸打中，立即便要終身癱瘓！

戚少商在彷徨無計中，忽見息大娘用手一指。

天網恢恢，但天意不外人情，人情裡總有隙縫可以走漏，那一線生機就像黎明時的一絲天光，戚少商與息大娘像驚弓中的一對比翼，疾掠而出！

而這千泥萬丸唯一疏漏之處，便是發彈的地方。

戚少商與息紅淚直掠向周四與雲大。

周四那一彈發出，因爲雲大及時出手一搭，所以在發彈之際，震了一震。

這一震，使得滅魔彈月弩和一丸神泥的配搭有了疏缺。

這一線疏缺，戚少商與息大娘已乘機攻入。

周四爲人十分剽悍，一見二人欺近，雙肘一曲，拳往內伸，卻分左右擊出，角度完全不合常理，就像一個人的手臂，完全被人所折拗扭曲一般。

這是周四的「七屈拳」，是劉獨峰親傳給他的絕招。

周四的「七屈拳」一出，但指間的「合谷」，掌沿的「中渚」，手臂的「曲池」、「溫溜」、「支溝」、「外關」，肩膊上的「肩髃」一共七穴，同時一麻。

戚少商一指破空，連中七穴。

周四全身僵直，但腳下急退，息大娘即時追擊一劍刺出！

雲大一掌推開周四，叱道：「退下！」鐵尺架住息大娘一劍。

戚少商已反手奪下周四手上的滅魔彈月弩，弓弦反切雲大。

雲大武功反應，十分之快，鐵尺一擰，擋開一弩，反手抓住七色弩，便要搶奪回來；要知道這是劉獨峰傳贈的至寶，雲大是說什麼也不容它落入別人手中的。

這一奪之下，自然奪不過來，但雲大忽覺右脅一痛，息大娘的金劍，已全扎了進去。

雲大怪叫一聲，鬆了手，嘶聲道：「妳，妳……」

戚少商也吃一驚，道：「大娘！」

息大娘因恨這些人窮追不捨，殺紅了眼，叫道：「快，把他們殺光，一個活口也不要留！」

周四閃身上來，一把抱住雲大，眼見他不活了；只聽雲大在喉頭裡道出幾個字：「叫爺……爺替我……報仇！」就咽了氣。

這時，藍三也救起了李二，兩人見至好兄弟雲大之斃，又驚又怒，他們隨劉獨峰闖蕩十數年，從來沒有遇過這樣子的事情，一時驚得呆住了。

息大娘叱了一句：「殺！」一劍向周四刺去！

周四猛然放下雲大，返身就逃。

周四一逃，藍三和李二也急掠而去，三人走時，還留下悲憤的話語：「戚少商、息大娘，你們殺了我們的老大，我們一定會報仇的，你們等著給我們碎屍萬段吧！」

息大娘身形一動，便要追去，戚少商一把拉住她。

息大娘回頭，只見戚少商向她搖頭。

◇◇◇

息大娘道：「爲什麼不過去全把他們殺了？」

戚少商搖首道：「不行，他們本不該死。」

息大娘看著劍尖上的血跡：「但我已殺了一個。」

戚少商看著倒在地上的雲大：「這是劉獨峰的愛將，他不會放過咱們的。」

息大娘冷笑，綹了綹頭髮：「難道我放了他們，他們就會放過我們麼？」

戚少商正色道：「但殺了他們，無疑等於與劉獨峰結下深仇。」

息大娘道：「結仇又怎樣？誰教他逼人入絕路。」

戚少商嘆了一聲，道：「大娘，劉獨峰是個很可怕的人物，我說他可怕，不是他武功高而已，而是他在朝野間，都有一定的名聲和影響力；他抓我們，並沒有盡力，如果他要盡力抓拿我們，想要逃生，是很渺茫的事。」

息大娘靜了片刻，垂劍道：「我是不是殺錯了？」

戚少商道：「看來這是他們六人的『老大』，對我們似最心存善意，罪不致死。」

息大娘幽幽地道：「我因恨他們攻破毀諾城，以致一眾姐妹受累，一時恨意難平，出手便不留餘地。」

戚少商道：「殺都已經殺了，那也不管那麼多了！」

息大娘道：「那麼我們該怎辦？」

戚少商覺得這巾幗尤勝男兒氣概的息大娘，忽然徬徨迷惑了起來，心中很有疼惜的感覺：「我們得衝出去。」

息大娘一愕，道：「不多耽片刻？」

戚少商道：「不能再耽了，劉獨峰他們必定會闖進來的。」

息大娘道：「可是，劉獨峰不是怕髒的嗎？」

戚少商道：「那只是他的潔癖，現在死的是他心愛的部下，他一定會不顧一切的。」

息大娘忽然變色道：「有人來了。」

戚少商靜息一下。即道：「北邊。」

息大娘疾道：「咱們自南面退。」

戚少商道：「不行，北邊來的人，武功低微，腳步可聞，南面來的人才是真正的劉獨峰。」

息大娘道：「咱們自西面退出去。」

戚少商拉住息大娘，疾道：「咱們往東面走！」

息大娘訝然道：「東面，東面還是回到沼澤地帶——」戚少商已拉住息大娘掠了開去，一面道：「越過沼澤地帶，便是往回走的路，咱們只有往回走，才能脫險！」

息大娘一面疾馳一面道：「要是劉獨峰還是追來怎麼辦？」

戚少商道：「他見著部下的屍首，難免會停留一陣子，而且他怕髒，追我們不致太快！」

息大娘心忖：真的要行軍打仗，運籌帷幄，看來自己還是遠不如戚少商。忽聽林子裡一個強抑悲憤的聲音，滾滾的傳了開來，寒鴉震起，呱呱亂叫：

「戚少商、息大娘，你們殺了雲大。天涯海角，我都會逮你們回案！」

聲音恍惚就響在耳邊。戚少商與息大娘行馳二十餘裡，聲音猶在耳畔，嗡嗡不絕。

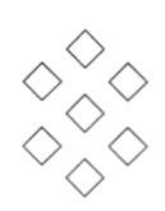

戚少商與息大娘的逃亡，在黑暗裡亂衝亂闖，只要能逃，還有一口氣，他們就逃！

逃，是爲了活命。

活命，是爲了報仇。

他們的逃亡不畏荆棘，不怕摔跌，只有一個原則：

往最髒的地方逃去。

愈是往骯髒的地方，追兵就會愈顧忌；有了顧忌，行動就難免會慢上一些！

所以他們在泥沼中、髒水中、髒臭得像煉獄裡眾魅嘔吐的穢渣中翻滾疾行；

而在他們出了沼澤地之後，往一個方向全力奔馳：

——西北方！

那是息大娘的意見。

戚少商想問：「爲什麼？」可是他沒有問。因爲他知道息大娘能在這危急關頭提出來並堅持的意見，那麼一定是可貴而且重大的。

他全力往西北面疾行。

此刻的戚少商與息大娘已是強弩之末，是一股彼此在一起希望對方也能活下去的意志，使他們忘了傷，忘了痛，繼續爲生命奪路而去。

終於他們來到了陶陶鎭。

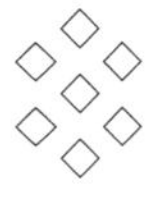

陶陶鎭不是茶樓。

陶陶鎭也不是桃花源一般的地方。

陶陶鎭是村。

完完全全一個鄉下的村落。

陶陶鎮本來只是這麼一塊地方，沒有名字，只有山川、田澤、林木和土地，後來一個姓陶的人來這裡落定以後，一切都變了樣。

這人姓陶，名清，他是個能幹的造陶人，因爲發現這兒的粘土很適合製陶，所以聯合他的弟子、奴僕和工人，全到這兒來製陶。

陶清搬來之後，這兒就不再有鳥鳴花香，河水漏漏，這兒的河流變得一片污濁，而燒窯的火光常盛，冒出濃煙，工人在烈日下揮汗。

人類永遠是大自然裡最具破壞性的動物。

陶清製陶，他跟一般人一樣，很喜歡在自己所居之處起名字，於是就起了陶陶鎮這名字，也陶然於這一種佔有感裡。

不過後來「聞風而至」的人愈來愈多，這兒的土好製上陶，人人都蜂擁到這兒來了，很快的，這兒的陶競爭強，而陶土也快被「掏清」了。

陶清很有辦法，他發現這地方的另一塊很適合種田務農。

於是他開始養家畜。

雞、鴨、鵝、魚、狗、貓、豬、牛、羊……一切凡是能養的，他都養。

養了的結果，他都能賺。

能賺的結果，是人人都棄陶而務農，畜牧。

陶器的行業已達飽和，京城裡精緻陶具的壟斷，使得陶陶鎮的人更加傾向於畜、農方面發展。

於是，陶陶鎭更髒了。

本來製造陶具的地方，有不少處已被廢置不用，破窯、碎陶、殘磚、亂石、跟水畦、雜草混在一起，現在用來作糞池、便塘，以供作淋菜澆蔬的肥料，加上所畜養的家禽走獸的糞便與穢物，陶陶鎭更加髒得不像話。

如果誰在陶陶鎭的「要緊地方」深吸一口氣，那麼，它的代價很可能是要掩鼻疾走三十里，才敢再吸第二口「新鮮空氣」！

這一切，陶陶鎭的人都習以爲常。

久居鮑魚之肆，不聞其臭，人在穢惡污濁的環境之中，都是這樣。

◇◇◇

戚少商與息大娘逃到這兒來的用意，也是這樣。

他們的神情和氣態，以及他們身上的傷和原來的俊朗及秀美，委實太過奪目，所以陶陶鎭的人，全部停下了工作，在看這一對負傷的男女，走入他們的鎭來。

那些雞鴨牛羊貓，也都不叫了，有一兩隻好奇的狗過來嗅嗅他們，也許是聞到血腥味，摔摔生虱的頭皮，垂著被砍斷的尾巴，胡「汪」一聲走了。

息大娘忽然走過去。

走到一家門前用陶煲砌成的牆上，一肘撞去，砰的一聲，一口陶煲被打得稀花爛。

然後她用其中一塊陶片，在最近的一棵樹幹上，畫下了一個字。

「水」。

那樹膠流出白色的膠狀汁液，息大娘寫完了字，在樹幹上踢上三腳，便站在一旁，彷彿剛才那些匪夷所思的傻事，全不是她幹的一般。

但是她在做完那些事的時候，那些村民鄉眾，包括戚少商在內，全都看直了眼。

——她在幹什麼？

卅六　絕境中的男女

息大娘撞碎了陶瓷，使這用陶片架成的屋子有了破洞。

破洞裡透入了陽光。

隱隱望去，有三個臉目黝黑的鄉下人，正在製陶。

這三個人，是在這陶陶鎭裡唯有剩下仍堅持製陶的三人。

這三個年輕人，一向沉默寡言，專心製陶，與世無爭；而今陶牆突然給人撞破了一個大洞，這三個人，停下了手，互望了一眼，其中的一個年青人，大步行出來。

這時息大娘剛在樹皮上刻了字。

這年青人戴著深垂的竹笠，在屋裡仍戴笠帽的人本就不多，在全鎭村民改爲種田養豬時，這三人仍舊製陶，本就不合時宜。

息大娘寫完了就回身。

年青人等她完全轉過了身子，才問：「妳打爛我的屋子？」

息大娘說：「是。」

青年的深笠點了點：「賠錢。」

息大娘道：「賠多少？」

青年伸手道：「兩文錢。」

息大娘微微一怔，戚少商等卻覺得這價錢太過微薄，不知怎的息大娘卻似不願賠。

忽聽一個聲音道：「價錢不對。」

息大娘眼中閃過一絲喜色：「你要多少？」

只見眾人讓出一條路來，迎面來了一個中年人，白眉無鬚，臉紅如赤，像一個沉實的長者，又似一名童叟無欺的殷實商人。便是當年獨力開發陶陶鎮的陶清。

陶清道：「三十兩。」

眾皆嘩然，就算那陶具是古董，三十兩也未免太貴。息大娘居然毫不考慮甚至急不及待的拿出三十兩的銀票，交給那年青人。

那年輕人無緣無故得了這筆銀子，高興得雖然戴著深笠也可以想像到他的動容。

陶清微微一笑，拾起地上一塊陶片，在樹幹上的「水」字下，寫了三個字。

「往高流。」

四個字合起來，變成了「水往高流」。

俗語謂：「人望高處，水往低流」，這「水往高流」可以說是不通欠妥的。息大娘卻喜道：「果然是你。」

陶清道：「是我。」伸手一引道：「請。」息大娘當先行去，戚少商雖如在五里霧中，但他對息大娘決無疑慮，也洒然行去。

陶清一面走著，走到一處，稍微一頓，一個蹲在街邊跟小兒洗澡的男子，即站立跟上；去到一個轉角，一個屠豬的漢子，馬上緊躡而上，如此一處接一處，跟著走的人，已有十七八人。

陶清這時候的神情，再也不像是一個鎮長商賈，看去只像一名威儀服眾的武林大豪。

他們所走之地，愈來愈髒。

走到一處，是廢棄陶窯，而今用來作豬欄牛場，也養了不少雞鴨鵝鴿，見人一來，豬叫牛嗥，雞鴨拍動翅膀，眾人的鞋子都又髒又濕。

陶清突然停了下來。

他一轉身，雙目神光暴長，盯在戚少商身上，一字一句的道：「好瀟灑！」

戚少商微微笑道：「你是說在下這一身的傷？」

陶清道：「我是說你這一身傷的情況下，神情還能這般洒脫，了不起。」

陶清一直沒有正式看過戚少商一眼。他在開步行走的時候，也一直沒有回頭。可是他就像背後長了眼睛似的，已留意到戚少商一舉一動。

息大娘忽然對陶清這人很感激。戚少商在劫難之中，再堅強的人，在孤立無援中，都需要鼓勵。

她道：「你便是陶清？」

陶清傲然道：「這方圓數百里，就我一個姓陶名清。」他這樣說的意思，幾乎是指「陶清」這個平凡的名字，一旦他用上了，就沒有人膽敢再用。

息大娘抿嘴笑道：「我還知道你以前不叫陶清，叫馬光明，你用馬光明這名字的時候，江湖上，武林中，一樣沒人敢再用。」

馬光明是個更平凡的名字。只要在北京城大叫一聲，「馬光明」，至少會有七八個人會相應。不過這人在武林中出現之後，江湖上就只剩下一個「行不改姓，坐不改名」的馬光明了。別人就算叫「馬光明」，也都不敢再用，紛紛改了別的名字。

陶清點點頭，道：「難得你還能知道老夫的外號。」

息大娘嫣然道：「光明磊落馬大人，名動京師，十七年前，由武林人物起家，得以封將加爵，軍中官場，黑白二道，無不景仰，小女子再孤陋寡聞，也當如雷貫耳。」

戚少商肅然道：「原來是三屍九命馬大人。」

陶清橫了戚少商一眼，道：「你也聽說過老夫的名號？」

戚少商道：「蘇州蘇家九兄弟，栽贓誣陷梅大善人密謀造反，把他們一門五父子全在牢裡迫死，再強占梅家田宅，梅家媳婦，當時，此案無人敢理，你看不過眼，一夜殺了蘇家九兄弟。」戚少商目中發出神采，「蘇家九兄弟精於『九子連環陣』，武功暗器，盡得『窮刀惡劍』蘇送爽的真傳，但你在家中設宴，拔刀越院而去，回來的時候，菜還沒有冷卻。」

息大娘道：「那實在是很快意恩仇的事。」

陶清也有點爲當年豪勇神馳氣揚，重複了一句：「的確是很快意恩仇的事。」他接下去道：「不過，你可知道爲何三屍九命？」

息大娘道：「因爲蘇家九個兄弟，有三個是通緝犯，另六個都當官，所以誰也不敢去招惹他們。你殺了三個當賊的，其餘六名狗官，屍首不見，想必是給你殺了，留屍則恐招惹麻煩，便都拋到河裡餵王八了。」

陶清沉聲道：「餵王八倒沒有，用化屍水全化成一灘黃水，更省事得多。」他冷笑道：「可是蘇氏九兄弟之死，誰都猜得到是我幹的。不錯，也的確是我幹的。我便是因此而入了獄。」

息大娘道：「蘇送爽在朝廷的力量還是不可忽視的。」

陶清道：「我的確低估了他，我以爲他會按照武林規矩，直接向我尋仇的，我就一直等著他來。」

息大娘道：「蘇送爽卻藉著黃金鱗的力量，告了你一狀，你被判個謀反罪名，要不是當年你在武林中闖蕩時的兩位結義兄弟，冒死救你出來，只怕——」

陶清一字一句地道：「所以高雞血、韋鴨毛對我有再造之恩！」他雙目神光暴射。「我舉家避難至此，易名陶清，但只要老人家和韋二哥有令，我一定義不容辭。」

他盯住戚少商、息大娘道：「他們正是要我幫助你們！」

息大娘道：「我也要找你們幫助。」

「我們不需要幫助；」戚少商忽揚聲道：「大娘，時候不早了，我們叨擾多時，也該起程了。」

陶清瞪著他道：「你知道你在說什麼？」

戚少商道：「我在向你告辭。」

陶清冷笑道：「你能到那裡去？」

戚少商說道：「天下之大，何處不能往？」

陶清道：「現在你們已是天下雖大，無可容身。」他一字一句地道：「我們不幫助你，天下便沒有人能幫得了你。」

戚少商欠身道：「閣下盛情，在下心領。天下無處容身，我便不求存，又何足懼？我不需要人幫助我。」

陶清狠狠地盯住他，道：「有志氣！但息大娘呢？你去送死，就不顧她了？」

戚少商向息大娘道：「大娘，你留在這裡，他們主要是緝拿我……」

息大娘打斷他的話：「你忘了我們的約定嗎？生，一起生，死，一起死。」

戚少商垂下了頭。

息大娘向陶清溫聲道：「我明白他的意思。此時此境，並非我們要逞強，不求人助，而是他見你避禍至此，建立家園，不想再連累你。」

陶清道：「沒有老人家、韋二哥，就沒有馬光明或陶清，所以他們的事，就是我的事。我不是要幫你們，而是要幫他們，這你滿意了罷？」他特別尊敬高雞血，故稱之為「老人家」。

戚少商苦笑道：「可是，這樣一來，你欠他們的情，我卻欠你的義。」

息大娘忽道：「高雞血卻欠了我的情。」

陶清豪笑道：「在江湖上，莫不是你欠我的情，我欠你的情，這般欠情還情活下去的。」

戚少商道：「說的也是。」

陶清大力拍拍戚少商那沒有受傷的肩膀，道：「我們先來研究一下，如何對付眼前大敵罷！」

戚少商問：「你知道追緝我們的人是誰？」

陶清一怔：「當然不知道，我只接到老人家的命令，一旦等到碎陶瓷在樹幹上劃字的人出現後，馬上帶他們到最髒的地方去，掩護他們逃亡……我雖然不明白，但能把戚大寨主和息城主也迫得走投無路的人，想必決不簡單。」

戚少商嘆了一口氣，道：「何止不簡單，他是……」

忽然一個村民飛掠而至，看他這一身輕功，在江湖上也必然已博得名頭，只聽他急促的道：「三爺，有兩個陌生人，抬著一頂滑竿，到了鎭口。」

陶清簡短的下令：「用一切方法，拖住他；要是拖不住，便截住他。」

那人更簡短的應了一聲：「是！」立即返身奔去。

陶清繼續問戚少商：「究竟是誰？」

忽聽一人道：「是我。」

陶清望去，眾人也隨聲望去，不知何時，在眾人背後已來了一頂轎子，轎子垂帘深重，倒不奇怪，奇怪的是這頂轎子，只有三個人抬。

前面兩人，後面一人。

陶清神色不變，說道：「你不是在鎭口？」

轎中人道：「鎭口只是故佈疑陣。」

陶清道：「你要抓拿這兩人？」

轎中人道：「你可知道我爲何只有三人抬轎？」

息大娘忽然說了一句：「因爲第四名抬轎人給我殺了。」

轎中人「哦」了一聲，道：「妳在維護戚少商。」

息大娘道：「確是我殺的。」

陶清哂然道：「抬轎人我可贈你十個八個。」

轎中人道：「他爲我抬了十年八年的轎子，這次他死了，我也得該爲他抬抬棺材。」

陶清道：「這位轎裡的朋友，何不站出來說話，給大家亮亮字號？」

轎中人笑道：「我從來不把雙腳踏在這種地方的，我是誰，你還不清楚嗎？」

陶清突然臉色大變，顫聲道：「你……是你！」

轎中人道：「便是我，十三年前，我親手抓你入牢。」

陶清驚魂未定，似要全力集中精神，但又被恐懼打碎了他的意志一般。

戚少商朗聲道：「這兒的事，跟陶陶鎮的人全無瓜葛，我只是路經此地，今兒跟這位劉大人有私事了斷，你們請罷。」

陶清漲紅了臉，粗聲道：「不！」

他大聲道：「你不能走！」說著大力揮了兩下拳頭。

那一群跟著他的人，全自衣服裡拔出了兵刃。

戚少商道：「這事跟你無關！」

陶清反問：「誰說無關！」

他吼道：「我要替劉大人逮你歸案！」話一說完，手中突然抄起一柄大鐵鎚，旋砸向戚少商的腦袋！

戚少商猝然遇襲，吃了一驚，但他反應奇速，猛一矮身，避開一擊。

陶清一招擊空，突然整個身軀像一尾躍出水面的魚一般，彈轉之間，掠空而過，鐵鎚直往轎子橫掃過去！

在這同時，那十七、八名跟在陶清身邊的人，兵器都往那在前面抬轎的兩人刺去！

這下變起遽然，敢情陶清揮劃的兩記拳風，便是「發動」的暗號。

轎子碎了。

鐵鎚威力可怖。

人在轎毀前的一剎，已經「飄」了出來。

人到了轎後。

轎後是廖六獨撐。

劉獨峰足尖在廖六肩膊上輕輕一點，已拔出了他背負那柄湛藍色的古劍。

陶清迫到轎後的時候，他已「閃」到了轎前。

陶清再挺著大鐵鎚趕到轎前的時候，在轎前發動攻擊的十七名漢子，全被點倒，就倒在爛泥碎陶上，呻吟掙扎。

要用劍傷人不難，但要用劍鋒制人而不傷人，就極不易。

何況是十七、八人。

而這十七、八人卻是陶清一手調訓的子弟！

「三屍九命」馬光明當日統領黑箭騎兵，名動朝野，現在他雖然變成了小鎮長陶清，但他一直自信他這些弟子，足可以抵擋得住一支軍隊。

然而這支「軍隊」在劉獨峰手下，卻不堪一擊。

這時，戚少商和息大娘已不見。

早在攻擊甫發動之際，他已留下兩名親信，帶走戚少商和息大娘。

劉獨峰正站在藍三和周四的房膊上，橫劍看著他，神態十分倨傲。

他只說了一名：「我這次的任務，不是來抓拿你，你滾罷！」

陶清大吼一聲，揮鎚猛砸！

他已拚出了性子！

高雞血、韋鴨毛所託重任，他決不能負！

就算不敵，也要一拚！

他揮鎚而上，藍光一閃。

他只覺手中一輕。

鐵鎚只剩下了錐柄。

鎚頭已被削去。

陶清呆立當堂。

他已明白，這不是敵與不敵的問題，而是自己在劉獨峰面前，跟十三年前一樣，不堪一擊。

劉獨峰把劍一拋，直插回廖六背後的劍鞘裡。

劉獨峰看著被砸碎的轎子，拍拍張五和廖六，道：「只好……」

廖六和張五會意。

多少年來的服侍，已使他們完全明瞭主人的個性和意思。

——戚少商和息大娘是志在必得的！

轎子既然爛碎了，地方又髒得不像話，要追那兩個逃犯，便由他們背負著劉獨峰去追。

——無論如何，不能放棄追拿息大娘和戚少商！

因爲主人有潔癖，張五等人也養成好乾淨的習性，進入這污糟齷齪之地，他們內心也極不願意，但主子尚且不避惡臭，旨在捉人，他們自然也沒二話說。

張五、廖六，各扛劉獨峰一腿，發足便奔，藍三也緊躡而上。

他們都矢志爲雲大報仇。

豬欄旁，只剩下兀自呆立的陶清，怔怔的望著手中半截鐵鎚。

卅七　深笠遮臉的漢子

陶清乍然出手，戚少商和息大娘想出手相助，便有兩人上來拉住他們就走。

一個說：「你們快走，敵人的目標是你們兩人。」

一個道：「你們走了，陶爺便能應付這裡的局面。」

戚少商和息大娘知道兩人說得有理。

他們往爛地直闖，身上沾了不少泥濘、污物，但只一味奪路而逃，一路上，加入了四五人接應。

戚少商一面逃，心中一面感慨：他日如能得志復仇，這些在患難中冒死相救的朋友，一定要報答他們。

天色愈來愈是暗沉，陽光已躲在雲層裡。

轉到了一處，是一個糞池和宰豬牛場，突然間，走在前面的兩人，仆倒了下去。

戚少商一看，駐足，那兩名陶陶鎮上的漢子，已中了暗器，眼看不活了。

屠宰場內，躍出兩人，只聽一人喝道：「姓戚的、姓息的、你們逃不了啦！」正是李二和周四。

戚少商怒道：「你們要拿的是我，怎麼傷害無辜！」

周四道：「他們助紂爲虐，爲虎作倀，本就該死！」

息大娘忽然笑道：「很好，我殺了你們的老大，也不在乎多殺兩個！」話未說完，人已如矢般射了出去，與李二、周四交起手來。

這時，池塘畔閃出十一、二人，揮刀向李二、周四攻來。

李二獨力應付這群人的攻擊，周四則與息大娘苦戰。

戚少商一步逼近周四，叱道：「滾開！」一掌劈去，周四生性強悍，刀勢一劃，向戚少商的五指削去，戚少商痛失一臂，見對方來招如此歹毒，踹起一腳，踢飛了周四手中的刀。

周四大吼一聲，和身向戚少商撲來。

突然之間，三道白光，一齊沒入周四的背脊、腰脅與小腹中。

這時，只聽一聲怒嘯。

怒嘯發自劉獨峰。

張五和廖六正背著劉獨峰趕到。

周四全身扭曲，哀嘶了半聲，叭地倒在泥地上，斷了氣。

戚少商心中一寒，只見劉獨峰的雙眼發出一種極爲忿怒的厲芒，衣袂無風自動。

——雲大和周四的死，都是自己直接或間接所致，這個樑子，可結深了。

那三道白光，嗖地又分三個方向，自周四體內收回。回到三個人手裡。

三人深笠遮臉，但虎背熊腰，看得出來是精悍漢子。

那三點「白光」，被三條幾近無形的銀絲索繫著，擊中周四之後，又落回三條漢子的手中。

那三個深笠遮臉的人，自然就是原來在鎮口向息大娘討賠款的那三名製陶漢。

◇◇◇

劉獨峰長吸一口氣，似要把怒火壓制下來，只聽廖六悲聲道：「爺，他們殺了四哥——」

藍三更不打話，像怒虎一般衝去。

劉獨峰叱道：「不得妄動！」

藍三陡然停住。

息大娘與李二也住了手。

劉獨峰澀聲道：「好，赫連公子的人也來了，鈞詩、鉤月、金風，你們又何必遮遮掩掩？」

三條漢子，一齊反手打掉自己頭上的深笠，露出三張精悍、堅忍、硬朗的臉孔來。

第一人抱拳道：「在下張釣詩。」

第二人拱手道：「在下沈鉤月。」

第三人一揖道：「在下孟金風。」

這三個鐵打般的漢子，卻有甚爲風雅的名字。

只聽張釣詩道：「『花間三傑』，拜見劉大人。」

沈鉤月道：「殺劉大人手下的，是我們三兄弟，拜見劉捕神的，也是我們三人。」

孟金風總結道：「所以，我們所作所爲，都跟赫連公子無關。」

劉獨峰是老江湖，當然明白他們三人的意思。

赫連春水是小侯爺，有一定的權勢名位，「花間三傑」出手救助戚少商與息大娘，肯定是赫連春水指使，但三人把赫連春水的名義扯開，用意至昭，不想他們的主子跟自己在朝廷上有正面的衝突。

也就是說，這三人是要照武林規矩行事，也並非依國家規法而爲。

劉獨峰雖然養尊處優，但也歷過大風大浪，近年來，在傅丞相與諸葛先生之間周旋，更加如履薄冰，追捕戚少商一事，如果要不是聖上下旨，他本身也想藉此追查摯友李玄衣的死因，便決不會接下這樁棘手的案子。

「花間三傑」的意思他當然清楚。

他也不想多樹強仇。

所以他點頭道：「好，這是我和你們三人之間的恩怨，你們殺了周四，理應償命。」

息大娘忽道：「你的手下一出手就殺了兩個鄉民，這又算什麼？難道那就不是人命嗎？」

李二氣呼呼地道：「他們助朝廷欽犯逃亡，本就該殺。」

息大娘冷笑道：「哦，難怪了，你們高興殺人就殺人，我看跟強盜也沒什麼分別。」

李二怒叱：「你——」

劉獨峰沉聲道：「李二，剛才用『一丸神泥』殺死這兩人，你有沒有出手？」

李二伸手一翻，亮出一簇金色箭頭，囁嚅地道：「屬下是有意出手，但還沒有下手——」

沈鉤月道：「他說的倒是實話。」

張釣詩道：「他是還沒有出手。」

孟金風道：「出手的人已經死了。」

劉獨峰道：「好，既然如此，周四貿然殺了兩人，他被你們所殺，但他是執行公事，逮捕欽犯，這兩人是助要犯逃亡，罪有應得，算是扯平——」

李二不服，抗聲道：「爺——」

劉獨峰不理睬他：「我不追究這件事。」

花間三傑臉上全現出了喜容，畢竟對付劉獨峰這等大敵，能免則免，最好不過。

劉獨峰又道：「這是按照江湖規矩辦事。不過，這姓戚和姓息的兩人殺了我一名部下，我要拿他們二人歸案，你們也不許插手！」

花間三傑俱是一怔。

薑是老的辣。

他們奉赫連公子之命而來，目的只有一個，便是保護息大娘與戚少商，決不能讓人傷他們分毫。他們便是爲了要速戰速決，以便護走戚、息二人，所以一上便下重手，殺了周四，劉獨峰要他們不管此事，花間三傑是決計辦不到的。

孟金風忽道：「劉大人，聽說你有位公子，叫劉耿，很有才幹，而今在赫連公子的部屬任官，頗有建樹，公子很想稟奏聖上，策封他的官位，不知劉大人有什麼意見。」

劉獨峰淡淡的道：「我沒有意見，耿兒做的好，自然應該推薦，他要是幹的不好，丟官也是應當，我素不大喜犬子仗賴他人的情面而陞官發財。」

張釣詩把大姆指一伸，道：「好！劉捕神果然公是公，私是私，公私分明！不過，劉捕神一直想收集的先帝的黈纊及漢文史的簪白筆，公子早為捕神悉心遍覓，並有相贈捕神之意……」

劉獨峰打斷道：「我雖喜好古玩名器，但此際是抓人就法，這些雅興，待返京城再談。玩物喪志，余不為也。」

沈鉤月上前一步，道：「劉大人，記得水月樓的絕代佳人夢夢姑娘麼？」

劉獨峰德高望重，但在京城空暇之餘，也附庸風雅，到處留情，他在京城看上一位名女子，色藝雙全，名為夢夢，劉獨峰對她倒是癡情一片，但夢夢姑娘始終守身如玉，對這位名動朝野的老捕頭，倒不怎麼看得上眼。

劉獨峰神色不變道：「怎麼？」

沈鉤月啓齒笑道：「公子一直想成全這樁人間美事，不知劉大人可有沒有意思？」

劉獨峰忽道：「你的牙齒很白。」

沈鉤月倒沒料有這一句，怔了一怔，劉獨峰這才悠悠的道：「要真是人間美事，就不必要人撮合，早就水到渠成，風吹花開了。公子的美意，代我謝了罷。」

手。」

然後他一字一句的道：「我要抓拿這兩人，除此無他，誰也不能來干涉插

釣詩、鉤月、金風三人互望一眼，道：「要是有人硬要插手呢？」

劉獨峰決然道：「既然這兒都是江湖人，這是江湖事，我便入鄉隨俗，用江湖上的方法來處理，誰強誰作主，有人插手，殺了便是。」

隱隱雷鳴，天色愈來愈陰黯。

花間三傑都長嘆了一口氣。

張釣詩道：「劉大人，其實，誰也不想與你爲敵。」

劉獨峰平靜地道：「我知道。」

孟金風道：「要與你爲敵，勝算太少了。」

劉獨峰高高在上，做然道：「當然。」

沈鉤月嘆道：「可惜我們別無選擇。」

話一說完，在背後的藍三發出一聲驚呼。

劉獨峰猛回首，便看見了陶清的鋼刀已抵住了藍三的背心。陶陶鎮本就有很多捷徑暗道，而陶清是對陶陶鎮最熟悉的人。

就在劉獨峰回頭的剎那，花間三傑也同時發動了攻擊。

他們三個人一齊揚手，就奇跡般地平空誕生了三朵花。

白花。

花開美艷。

在炫人的燦麗中，卻是驚人的殺機！

兩朵白花，分別攻向張五和廖六，一朵「開」向劉獨峰。

他們認準：要對付劉獨峰，唯一的辦法是先擊倒扛著他的兩人，剪除他的手下，讓他在極端不利的環境下孤軍作戰。

人豈非亦往往如此：支撐自己的基礎一倒，再厲害的人也厲害不到那裡去。

對敵決不能仁慈。

對敵人大仁慈，往往就等於對自己殘酷。

劉獨峰臉向後轉，但雙手一沉，已交叉拔起張五和廖六背上的雙劍。

這一白一黑的劍光疾沉挑起，兩朵「白花」被反挑回射，疾向沈鈎月、張釣詩罩去！

然後他才以一個急促的大仰身，雙劍一交，叮的一響，雙劍交叉夾住一枚「白花」。

那是一柄花瓣型的刀。

刀柄有細鏈。

鏈在孟金風的手裡。

劉獨峰雙劍一剪，鏈絲居然未斷。

孟金風雙手一擰，藉力一扯，人如夜隼，急縱而上！

他飛越過劉獨峰的頭頂，細鏈已反纏住他的脖子。

同時間，張釣詩和沈鉤月已卸開「花刀」，一左一右，飛縱而上，人在半空，飛刀破空，射向劉獨峰！

這電光火石間，張五和廖六手裡忽然各掣出一柄匕首，直刺孟金風腹間！

孟金風雖然可以以銀鏈纏住劉獨峰，但卻勢必被張五和廖六二人開了膛！

忽然，錚錚二響，張五和廖六手裡的匕首被打落。

震落張五和廖六雙匕的正是劉獨峰的黑白雙劍。

他不能讓孟金風死！

就在他垂劍擊落張、廖二人雙匕，他的脖肩已被銀鏈纏住，同一剎那間，張釣詩、沈鉤月的雙刀已然射到！

更可怕的是，陶清已疾射封了藍三的穴道，揮舞鋼刀，疾掠而至，一刀就向劉獨峰的背後劈去。

他半空飛掠的身子沾了不少雨珠。

雨已密集地落下。

他這刀是全力施爲。

他們決意不能讓劉獨峰活著。

只要劉獨峰能夠作出反擊，他們知道誰都沒有機會活著回去。

江湖上的規矩本來就是：不是你死，就是我亡。

——你死總比我亡的好！

這時分，劉獨峰身上已被銀絲鏈所纏。

他的雙劍正往下擊，擊飛了他兩名部下的雙刃。

陶清的鋼刀到了他的背後。

張釣詩、沈鉤月的花刀，已「開」到了他的胸膛！

雨正在下著，一向衣不沾塵的劉獨峰，髮鬢盡濕，似已睜不開眼來。

便在這時，轟隆一聲，電光耀空，刹那間天地一片蒼白。

◇

陶清倒飛了出去！

他的身上冒起了一道血泉。

他感到前所未有的畏懼，就連在當年被關在牢裡問斬，他都不會有這種恐懼。

他也不是怕受傷。他在當將軍之前，縱橫江湖，什麼傷未曾受過？只是從未有過一次，像這一回，竟不知道自己是怎樣受傷？傷得如何？連敵人是怎麼傷自己的，也完全不知。

像電光一樣，一亮間便發生了，根本無法抵禦。

這使得他接近崩潰，喪失鬥志。

其他三人，感覺大同小異。

孟金風本掠到劉獨峰的身後，忽然被一股大力一甩，呼地倒飛而行，變成反在劉獨峰前面。

他感覺到自己背後有一股尖銳的痛楚。

同時他發現了自己兩名結拜兄弟踉蹌而退。

張釣詩捂胸，沈鉤月撫臂。

本來他們四人已佔盡上風，但在這電殛般的剎那，局面遽變，四人俱傷。

對方仍手持雙劍，在雨中，像看著他們，也像也沒把誰放在眼裡。

所不同的，也許只有一點。

劉獨峰已經不是站在張五和廖六的肩上。

他已下來。

他站在地上。

他立在雨中。

他雙劍交叉，站在泥濘地上，滂沱大雨中。

卅八　巨人細刀

交手僅一回合。

張釣詩、沈鉤月、孟金風、陶清四大高手，全力以赴，但一傷四人皆傷。

劉獨峰雙腳終於沾地。

這一回合間的凶險可想而知。

劉獨峰也衣衫盡濕，看他的樣子，亦有些狼狽。他立在牛棚前，張五廖六在他左右。

◇◇◇

交手雖只有一招，但四人俱已明白。

縱盡四人之力，仍決非劉獨峰之敵。

所以，他們四人迅速站在一起，成橫「一」字，四個人攔在戚少商和息紅淚面前。

陶清大喝了一聲：「走！」

他這一聲大喝是針對戚少商和息大娘所發的。

他們不管是奉高雞血之命，還是遵赫連春水之令，都誓必要完成任務。縱死無愧。

這一種人，在世上已愈來愈少，但在一些絕世人物、當代豪雄的身畔，仍然可以見到一些。

這四人顯然就是這種踔厲取死之士。

這一種人，俗稱爲「死士」。

一個人可以爲你不惜生死，不顧一切，不管是不是人材，這種高情高義，總是可貴的。

陶清叱了一聲「走」，劉獨峰的雙劍已左右平舉，胸襟大開。

他要出手了。

他已讓戚少商、息大娘逃了一次，決不想讓他們逃第二次。

因爲他曾經答應過對方只要能在他手下逃三次，他便不再追捕。

他已發覺追捕這兩人有著前所未有，平生首遇的麻煩。

他已不想再有太多的麻煩。

他站在泥濘中，腳下濕漉漉、滑膩膩的，衣衫也全部濕了——他不想再「濕」下去。

只要戚少商和息大娘一逃，他立即就飛身追去，要是那些人阻擋，他殺了四人再說。

可是戚少商和息大娘不逃。

他們反而加了進來，一左一右，跟「花間三傑」和陶清，聯成一線。

他們本就是同一條陣線的人。

戚少商和息大娘也明白：這是他們逃亡的好機會。

他們知道這四條漢子，一定拚力死守。

他們更清楚四人拚力死守的後果就是：死。

他們也是人，也有熱血。

逃亡、苦困、危難、挫傷和慘敗，並不因而使他們的熱血冷卻。

就算這熱血被世界的冷漠所淡化，但也被這四人的熱血重新沸騰。

六個受傷的人。

六種激烈的鬥志。

六個人，六件兵器，一條心，向著劉獨峰。

劉獨峰一生抓過上千個人，從來不曾遇過這樣一種燃燒不畏的鬥志。

他的雙劍合攏。

左右合一。

成爲一劍。

張五和廖六似乎有些害怕，張五悄聲說了一聲：「爺。」廖六指指自己的肩膊，低聲道：「您請。」

就在這時，戰鬥驟然發生。

戚少商等六人還未發動。

引發這場劇戰的，是牛棚的篷頂遽然倒塌。

雨下得很大，茅頂上積了不少水，茅篷一倒，水柱和枯葉，髒物，全壓向劉獨峰。

劉獨峰站得比較接近牛棚，爲的便是可以遮擋部分風雨。

——如果風雨迎面吹襲，對作戰會造成一定的障礙。

劉獨峰是高手中的高手，在作戰之際，對一切天時地利，自然都相當留意。

但他沒有留意到棚頂上會有人。

不僅有人，而且有六個人。

茅頂三個，在棚裡也有三個！

六個人，起隨棚塌水傾之際，分三個方向，攻向劉獨峰和張五、廖六。

雨花四濺。

而這些雨花，絕不是乾淨的雨水，還夾雜著許多骯髒的東西。

劉獨峰一面疾退，一面出劍。

他迎面而來的是一支紅纓槍。

槍花紅纓如血。

槍尖在閃電中精亮。

這一槍之力，遠勝剛才四大高手全力合擊之十倍！

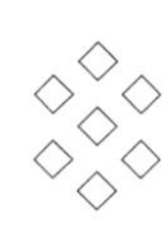

劉獨峰一聲大喝。

他一劍就削去了槍尖。

槍尖只剩下了一截，但槍勢未減，仍直刺而至！

白光一閃，宛似電殛。

劉獨峰在疾退中，又削斷了那一截槍尖。

槍頭只剩下斜削的鐵杆，但槍勁不但未滅，反而更疾！

槍桿始終離劉獨峰胸際不過半寸！

黑芒一閃，竟比白光還厲！

黑芒來自劉獨峰的左手黑劍。

槍桿又被斬去一截。

但槍杆仍捌向劉獨峰。

劉獨峰雙劍一交，槍杆再斷！

槍桿只剩半尺不到！

但握槍桿的手仍堅定無比。

槍桿仍絲毫不變！

胸膛！

劉獨峰的胸膛！

彷彿刺不中劉獨峰的胸膛，這一招決不收回！

白劍再度刺出！

這次劍勢並非斜削，而是直刺。

劍直戳入桿心，槍桿裂而為二。

槍桿已毀，持槍桿的手，疾易爲指，中指一屈，直敲劉獨峰胸膛！

劉獨峰的胸膛忽然多了一樣事物。

黑劍的劍鍔。

手指就擊在劍鍔上。

「拍」的一聲，中指力叩劍鍔。

「哇」地一聲，劉獨峰仰天噴出一口鮮血，同時間，來人飛起一腳，踢掉劉獨峰手中的白劍。髒水四濺，噴到劉獨峰臉上，和血雨混在一起。

劉獨峰左手脫劍，但肘腕一震，五指已抓住來人中指。

來人一上來就全力搶攻，中指未及收回，只聽他大叫一聲：「斬！」

一道刀光，如電光疾閃而下！

比電還厲！

比電還烈！

比電還迅疾！

◇◇◇

出刀的是一名巨人。

赤裸上身、怒目、賁鼻、身上肌肉像一塊塊的鉛鐵，頭髮卻十分濃密。

他抱刀而立，怒目而視。

刀身窄而細長、像爲女子所用。

可是那一刀之速，可比電魂，那一刀之厲，可比電魄。

他一刀既出，立即收回，不再出刀。

那一切是他平生功力所聚，他發一刀之前，曾戒齋、浴沐、上香、默禱，一刀發出，元氣大傷，半晌不得復原。

那一刀之威，的確奪了眾人的心魄。

可是那一刀所造成的結果是什麼呢？

◇◇◇

「好刀法！」劉獨峰喝道。

刀光猝現，他全力縮手。

這一刀目的不是在砍他的頭，而是志在斬他的手。

巨人這一刀，聚勢已久，爲的只是砍下他一隻手臂。

巨人能有這個機會，完全是因爲那使紅纓槍的人搶攻所致。

劉獨峰縮手身退，刀光下，兩只手指斷落！

一是劉獨峰左手的姆指。

一是來人的中指。

這一刀暗襲，佈局精微，合眾人全力之一擊，卻只能使劉獨峰吐一口鮮血，斷一隻手指！

劉獨峰問：「巨人羅盤古？」

巨人不答。

站在劉獨峰對面的人，在雨中，他的槍斷爲二，左手中指斷落，雨濕重衣，但他依然有一種高貴的氣質，使他看來英挺、俊朗，而又滿不在乎。

沒有這人的急槍，這一刀根本不能奏效。

但這人還得犧牲掉一只手指。

劉獨峰武功之高，應變之快，仍然超乎他的想像。

劉獨身的目光從巨人羅盤古身上緩緩地收回來，他知道羅盤古還不能算是他的敵人。

但眼前這人卻是！

不僅是敵人，而且是大敵！

劉獨峰一字一頓地道：「他既然是巨人細刀羅盤古，你當然便是他的主人，赫連春水了？」

息大娘乍見此人，喜動顏色，叫道：「你來了。」

赫連春水平靜地看了她身旁的戚少商一眼，卻沒有去瞧她，道：「我來了。」

息大娘道：「我以爲你不會來了。」

赫連春水道：「我說過妳有難時我會來的，我便一定會來。」

息大娘道：「過去的事，你還記得。」

赫連春水道：「那一點一滴，都在心頭，我是不會忘記的。」

這時，那棚頂落下的三名快刀手，已經制住了張五和廖六。

劉獨峰這時忽道：「赫連。」

赫連春水道：「劉捕頭。」

劉獨峰道：「你當然是因爲救助朋友，才來冒這趟混水，可是，這人是皇上下旨要拿的，我是一定要執行的，你若沾上身，縱有你家的幾位長輩出面，也罩不住的，你斷一指，我也斷一指，兩無相欠，你帶你那十個手下離開去，我不會再追究此事。」

赫連春水說道：「劉捕神，家父跟您相交二十年，論輩份，我是您的侄兒……」

劉獨峰道：「是兒子也沒有用。」

赫連春水微笑，徐徐拔劍。劍在腰畔，劍鞘翡翠鑲邊，金嵌銀環。「好，那我就不多言了。」

劉獨峰嘆道：「其實，你又何必——」

赫連春水向息大娘望了一眼，只望一眼，立即又專心誠意，拔劍橫胸，道：「余無悔。」

劉獨峰道：「你既不悔，我也不再相勸。好。結束了。」

赫連春水一怔道：「什麼結束了？」

劉獨峰道：「我已斷了一指，只有一隻手能握劍，你們有廿五人，我的手下不是不在這兒，就是被你們所制，或已橫死在這裡，我已別無選擇。」

他頓了一頓，道：「我的『留情』已經結束，誰再阻止我拿下此人，我就要殺人。」

他說話時雨下得一線線利刀似的，打在眾人的身上，可是沒有人聽見雨聲，只聽到他一人在說話。

戚少商當然明白劉獨峰的意思。

劉獨峰要全力出手了。

他站上前去，不是爲了逞能，而是覺得這本是他的事，不該有人爲他而犧牲。

赫連春水忽道：「戚兄。」

戚少商聞說過赫連春水在自己和息大娘分手後，追息大娘最力的人。這人少年得志，向來養士習藝，在王孫公子當中，是一名令人刮目相看，有雄圖壯舉的年青人物。「公子，這件事，在下心領了，劉捕神是衝著我來的，一人做事一人當，公子與我，素昧平生，幫人幫到這個地步，已情至義盡了，公子請由在下自決罷。」

赫連春水冷峻地一笑：「如果我是你，我就閉嘴。這件事，現在不僅是你挑上了，息大娘也沾上了，大娘惹上的事，便是我的事，我是非管不可的。」

他冷冷地道：「你現在最該做的是：帶大娘走，遠遠地走開去，這樣，我們或許會少流一些血，少死一些人，少開一些殺孽。」

劉獨峰道：「到了這個地步，看來血是免不了要流的，人是少不免要死的，可是，誰也逃不掉。」

息大娘道：「我們爲什麼要逃？」

赫連春水憐惜地望向息大娘，息大娘道：「我們何不合力把他殺了！」

劉獨峰大笑道：「好，你們來殺我吧。」

戚少商道：「劉獨峰，我一向都敬你是個執法公正的名捕，現在非要一決生死不可，那是爲勢所迫，你怪不得我。」

劉獨峰道：「我們活在這世上，又有誰能作得了主？我連對我的劍都作不了主！你殺得了我，我便怨不得你，怕只怕在我劍下，你們這兒沒有人能活得了！」

這時，高雞血麾下的陶清和十九名弟子，還有赫連春水與巨人羅盤古，花間三傑與三名快刀手，全圍攏了過來，在滂沱大雨中，重重包圍住劉獨峰。

劉獨峰一個人，一柄劍，受傷的手，斜插襟內，神色凜然不懼。

卅九　殺人的雨夜

天色已黑。

電閃連連，雷鳴不已。

雨如銀網密集，地上濺起千萬朵水花。

攻勢就要發動。

戚少商忽然閃身過去，在息大娘的耳邊說了一句話。

甚至在大雨中，各人五官都像被漿糊粘住了一般模糊，可是息大娘的震訝，還是可以看得出來。

劉獨峰沒有法子知道他說了一句什麼。

他叱道：「誰先動手，我就殺誰！」他向來只抓人，萬不得已的時候，決不會任意殺人，可是今晚這種局面，已由不得他選擇。彷彿他這樣說明在先，殺了人也會心安理得一些。

他這句話一出口，便有人搶先發動了攻勢！

羅盤古！

羅盤古是赫連春水一名忠心耿耿的奴僕。

他也是赫連春水身邊的一員猛將！

劉獨峰一向養尊處優，太久不涉江湖，雖然很能夠熟練地掌握上層高官的勾心鬥角，但對武林中好漢的烈性和剛耿，瞭解得並不透徹。

他那一句話，起不了阻嚇作用，反而激起了羅盤古的豪勇。

巨人！

細刀！

風雨！

電光一閃，一縷黑色的異芒，細刀破映雨光而入，截斷了羅盤古的一切攻勢！

不過在同時間，超過二十件武器，同時攻向劉獨峰！

劉獨峰不退，俯身，衝入刀光劍影中，又自敵方陣營中閃出。

他肩膊上一記深創，血水很快的被大雨沖去，他腳下的水畦深褐了一大片。

三名壯丁，一名快刀手踣地，他們沒有痛苦，在倒地之前已失去了生命。

羅盤古幌搖了一陣，喉頭發出格格一響，也仰天而倒，刀落在爛地上。

一個照面間，劉獨峰連殺五人。

劉獨峰的手也有點抖，這十多年來，他很少像今晚這樣大開殺戒！

今晚彷彿是個殺人的雨夜！

孟金風死。

五名壯丁和一名快刀手，也在刹時間失去了生命。

劉獨峰掌中的黑劍被擊落。

可是他疾退之時，李二遞上了一柄青色的劍。

劉獨峰接劍的時候，赫連春水長空飛刺劉獨峰。

劉獨峰以劍破劍，擊退赫連春水，同一時間李二已被張釣詩、沈銁月和陶清所殺。

劉獨峰回援，劍若青龍，陶清人頭落地，但李二也已斷了氣。

這是交手的第二個回合！

雨聲猶如七萬隻怪蛙在鳴響，雷聲如天庭的階前滾過銅鼓，他們在等待第三度攻擊！

第三個回合又是怎樣一個局面？

又是誰死？誰生？誰在流血？

剩下的四名壯丁，一見陶清被殺，都紅了眼，這一輪衝殺，便是由他們開始的。

劉獨峰怒叱道：「送死！」

青劍在密雨中，像一頭破空飛去的遊龍。

青光閃耀著血影。

三名壯丁被殺，餘下一人，戰志已完全崩潰，掩臉跪在水畦之中。

又一名快刀手哀號倒在血泊中。

赫連春水掌中劍折。

他疾喝道：「退！」不去攻擊劉獨峰，反而劍鍔直刺穴道受制的張五！

劉獨峰閃身架過一劍，還攻一劍，赫連春水閃過，正欲還擊，忽然胸膛一熱，如遭電光劈中。

劉獨峰那一有形的劍雖被他劍鞘架住，但那無形的劍意，仍在他百般防備裡刺中了他。

赫連春水中劍，但全身立即急遽後縮。劍意傷了胸膛，並未刺人心臟。

劉獨峰追襲，翡翠劍鞘已套入他的劍上！

劉獨峰吐氣揚聲，劍鞘震成千百碎片，與青色劍芒，在雨中化成一蓬極好看的煙花。

卻在這剎間，劉獨峰突然想起：戚少商和戚大娘呢？除了第一輪攻擊之外，怎麼不曾見他們出手!?

他怔了一怔，就在這時，赫連春水等已飛烏投林，燕子三抄水，閃電驚虹，投入密雨的暗處。

只有沈鉤月在臨去前，一刀砍去了穴道被制的藍三的頭顱！

劉獨峰大怒，飛腳一踢，地上那柄細小利刀，破雨網直射，貫入沈鉤月背胸！

沈鉤月慘呼而倒，劉獨峰持劍四顧：戚少商和息大娘呢？一時也無心去追那赫連春水、張釣詩和剩下的三名快刀手。

只勝下一名壯了，跪在血雨中，怔怔發呆。

劉獨峰長嘆一聲，仰首雨中，道：「戚少商啊戚少商，卻還是給你再跑了一次！」

戰鬥伊始，戚少商已經在跑了，他見各人之戰志，沒想到戚少商和息大娘竟會不戰而退！

他說過若第三次拿不住戚少商，便不再追緝他，而今，已經給他逃了兩次。

劉獨峰慘笑，望望掌中的青鋒劍，把另一隻手自襟裡掏出來，四指沾滿了鮮血，一下子便教大雨沖去。雨滴打在傷口上，他只覺一陣痛入心肺，喃喃地道：「或許，我是看錯你了……」

他始終沒想到戚少商會臨陣而逃；否則，他未必截他們不住。

劉獨峰過去解開了張五和廖六的穴道。

他們本是六人一道兒來，而今，雲大死在息大娘劍下，周四被花間三傑所殺，李二和藍三也喪命在這一場格鬥裡，這在劉獨峰一生的戰役裡，極少遭逢過如此慘重的折損！

而在剛才捨死忘生的一戰裡，那裡還有什麼高手的氣派、宗師的風度，只不過是爲免自己被殺，所以殺人。

殺了這麼多可能是無辜，至少是還不該死的人！

在剛才的格鬥裡，他要不傷人只使對方重創而失去戰志，那也不難做到；可是他若要劍下留情，就會增加自己的困難和危險，他便寧願殺人。

是什麼令他如此心狠手辣呢？

也許是因爲這雨吧！這場鬼雨！劉獨峰心中發恨：這身齷齪和骯髒的環境，造成他速戰速決的立意，因而不惜殺人。

可是因爲怕髒就可以殺人嗎？

他心裡極端難過，看著發怔的壯丁，長長的嘆了一口氣，廖六爲他披衣，繫劍，抹去泥污，張五則爲他包紮傷口。

張五和廖六的心情，也都難過，沉重。

劉獨峰忽向張五道：「你留在這兒，好好埋葬他們。」旋向廖六道：「你跟我去。」

廖六凜然道：「是。」

張五抗聲道：「爺，讓我也去，我要手刃那罪魁禍首戚少商！」

劉獨峰道：「你身上有傷。你的三位兄長屍首，不能任由在這兒擱著。要是我們沒有回來，回去京城，不要再來。」

張五悲聲道：「爺——這麼多年來，我們幾時分開過，求你收回成命，我們一起埋葬三位哥哥，才一起上路，爺……」

劉獨峰長嘆道：「也罷。反正他們是逃不掉的。」在雨中負手俯首，這時候的他，已完全無視於這地方的惡臭污穢。他一生追捕不少大惡元兇，但從未如此沉重沮喪過，彷彿追捕者和被追捕者，在這天網恢恢的迷雨裡，全是被網在同一個噩運中的可憐人。

戰鬥前，戚少商在息大娘耳畔說的話是：

「戰鬥一起，妳我即走！」

這很不像戚少商的個性！

更不似戚少商口中說出來的話！

然而卻是戚少商親口說的。

息大娘為之愕然。

戰局一起，便十分劇烈。

每個人都是拚命，不是拚掉自己的命，便是去拚掉別人的命。

戚少商和息大娘發出了第一次攻擊後，卻拉著息大娘就跑。

在這混亂而陰黯的場面裡，而且互相廝殺正如火如荼的進行著，連劉獨峰都不會留意戚少商會在黑暗泥濘中退卻。

他們一直奔出了好遠，到了一個三岔路口，息大娘忽甩開戚少商的手，道：

「我來引路。」

他們並肩疾奔，兩人都沒有說話，這時，雨漸漸小了。

隱約可以瞧見遠處有一簇燈火。

有人類群居之處，總會有燈光。

人總愛光明，不喜歡黑暗。

只惜黑暗是無所不在的，人們只能在一起，盡可能多點一兩盞燈，來撐起這一角微明。

息大娘心頭也有一片陰霾。

戚少商伸手去拉她的手，這一拉，竟沒拉著，只聽息大娘悠悠地道：「他們不知道怎樣了……」

戚少商也感覺出來了，道：「妳是不是在對我生氣？」

息大娘看了看天色。月亮像剛給水淹腫了臉龐，自浮雲裡緩緩踱了出來。「劉獨峰的劍，在這當兒，恐怕不會饒人性命。」

戚少商用手輕輕搭在息大娘肩上：「大娘，我……」

息大娘微微一掙，戚少商立即縮了手。

息大娘也覺察到自己這樣做，也太明顯了一些，於是道：「我是在耽心他們的安危。」

戚少商道：「我知道。」

他頓了一頓又道：「妳是在生氣我臨陣脫逃，這是懦夫行爲！」

息大娘微一抬目，迅速地看了戚少商一下，心想要從他的臉上看出他的心意，但又被他的臉上濃烈的沮喪之色震住，上前一步，拉他的手，道，「我知道你這樣做是逼不得已，劉獨峰的武功太高，我們縱二十五人聯手一擊，也決非其敵。不過，既然只有早死或遲死，那又何必要逃？」

戚少商臉上的沮喪之色轉爲痛苦的神情。

息大娘上前看他的斷臂，關切地問：「傷口痛嗎？」又問：「很痛吧？」

戚少商立即搖頭。

息大娘道：「剛才的局面，你留在那兒，也沒有用，一齊出手，只有枉送性命……不過，想到他們一群朋友，還有多年舊交，爲我們拚命，我實在……實在不想走，要死，就一起死，死得也痛快些！」

戚少商道：「他們不是爲我死的！」

息大娘不明他所指。

戚少商道：「他們不認識我，可是，高雞血、赫連公子他們卻認識妳，他們是因妳的情面才來救我。」

息大娘惴然道：「他們是答應我，一定要救你……」

戚少商道：「他們是爲你效死。」

息大娘說道：「但我卻爲你不計生死。」

「我知道。」戚少商語氣忽然又柔和了起來道：「大娘，我們共歷生死，共渡患難，難道我會連這點都不明白麼？」

「可是你不高興？」息大娘問。

「你也不開心；」戚少商道：「這些人因爲你的事才來的，結果，我們臨陣而逃，他們因維護我們而死戰。」

「我們留在那兒又會有什麼用？」戚少商的聲音激動了起來，「我們一定不是劉獨峰的敵手，然後被殺的殺了，被抓的抓了，有誰來報仇？」

「打從連雲寨遇劫開始，因為我的事情，牽連了不少人，霹靂堂雷門、碎雲淵毀諾城，而今是老人家那一幫，還有赫連王府，一個又一個，一群又一群，毀家的毀家，滅門的滅門；」戚少商痛苦地道：「他們為了護我這個早該死的，究竟犧牲了多少人，還要犧牲多少人？如果我死了，或者被逮回京城，誰來為這些犧牲者報仇？我怎麼對得住他們？」

「我的死生已不重要，我想通了；」戚少商揮拳痛恨地道：「再死多些人，我也要活下去，活下去替他們報仇！」

「這仇，是決不能不報的！」

「為了報仇，」他握著息大娘的手，道：「除了妳，我可以犧牲一切，不顧廉恥的活下去！」

「活下去是為了要報仇！」

戚少商道：「所以，剛才我不擇手段，與其大家一齊命喪在劉獨峰劍下，不如逃生，而且，劉獨峰目的在我，我一旦逃走，他或許便無心戀戰，所以我逃。」

「我不管了，顧惜朝、黃金鱗、文張、鮮于仇、冷呼兒、李福、李慧、馮亂虎、郭亂步、宋亂水、……還有這個劉獨峰，有朝一日，千刀萬剮，我一個也不放！」

逃亡了那麼久，戚少商仍未逃出噩運，心中有一股前所未有豪傑式的怨毒。

「我當然明白你的心意。」息大娘微喟道：「一直都是我勸你逃走的，唯有逃得性命，一切才有機會……可是，在我心目中，你一直是個英雄，而今真的見你臨陣逃亡，心中不知怎的，竟……唉，這確是我的不該了！」

「不是的，大娘；」戚少商深情的注視息紅淚，道：「妳一直希望我強，希望我好，我如今這樣子……妳也難過。」

戚少商眼中閃著仇恨的光芒，仰天道：「只是，我要報仇，所以，我會為達到目的，不惜厚顏獨活，為了完成這個心願，我不但要活下去，還要愉快的活下去，讓極不願意我活下去的人生氣、發怒、失去冷靜……哈哈哈……」

息大娘有些惶惑地道：「你變了……」想伸手去觸摸戚少商的唇，卻又不敢。

「我其實沒變。」戚少商道：「我只是要用最有效的辦法，來打擊敵人，要讓敵人活得不痛快，不愜意！他們要我受盡苦楚，我偏要活得快快樂樂！」

「我剛才那樣對你，你不要記在心裡才好。」

「大娘。」戚少商一呼喚這個名字，語氣就轉為動人肝腸的柔情。

「那些人，我請動他們來幫忙，雖則，他們大部分都是有所求的，可是，他們有些，也對我真的好……」息大娘委婉的道：「他們有的人，很喜歡我，江湖中人，相濡以沫，他們縱有所求，也並不過分。」

「我知道他們對妳的心意，大娘；」戚少商道：「我見穆四弟的神色，就已明白了七八分。這段日子，我一直不在妳身邊，妳當然應該有妳的朋友知交。」

「我就知道你滿腦子胡猜著人家的心意；」息大娘白了他一眼，宛然笑道：「我可沒做出什麼對不起你的事兒，不像你，」她一隻手指幾乎要捺到他的鼻尖上去，「在外儘是風流韻事，也不見得那些女子爲你安危出頭伸手！」

戚少商趕快移轉了話題：「說來，穆老四不知有沒逃得出來？」

他當然不知道穆鳩平因救雷捲，已死在文張和舒自繡的手上。而且，沈邊兒和秦晚晴爲了掩護雷捲及唐晚詞，雙雙被活生生的燒死。在這個生死存亡臨大變的處事中，雷捲竟和戚少商都是採取了同樣的態度：

先求活下去！

再圖復仇！

兩人的做法，不謀而合。

難道英雄與梟雄，在臨危落難之際的應對之法，都是這般不顧一切、不擇手段？難道當這些人要活下去，都必須要旁人付出生命的代價？

請續看下卷《捕神》

【武俠經典新版】四大名捕系列

四大名捕逆水寒（中）紅顏

作者：溫瑞安
發行人：陳曉林
出版所：風雲時代出版股份有限公司
地址：10576台北市民生東路五段178號7樓之3
電話：(02) 2756-0949
傳真：(02) 2765-3799
執行主編：劉宇青
美術設計：許惠芳
行銷企劃：林安莉
業務總監：張瑋鳳

初版日期：2021年06月新版一刷
版權授權：溫瑞安
ISBN：978-986-352-940-8
風雲書網：http://www.eastbooks.com.tw
官方部落格：http://eastbooks.pixnet.net/blog
Facebook：http://www.facebook.com/h7560949
E-mail：h7560949@ms15.hinet.net
劃撥帳號：12043291
戶名：風雲時代出版股份有限公司
風雲發行所：33373桃園市龜山區公西村2鄰復興街304巷96號
電話：(03) 318-1378
傳真：(03) 318-1378
法律顧問：永然法律事務所 李永然律師
　　　　　北辰著作權事務所 蕭雄淋律師
行政院新聞局局版台業字第3595號 營利事業統一編號22759935

定價：270元

國家圖書館出版品預行編目資料

四大名捕逆水寒（中）／溫瑞安 著. -- 臺北市：風雲時代，2021.02- 冊；公分

ISBN 978-986-352-940-8（中冊：平裝）

1.武俠小說

857.9　　109019979